George Tabori
Son of a bitch

George Tabori
Son of a bitch

Roman eines Stadtneurotikers

Aus dem amerikanischen Englisch von
Ursula Grützmacher-Tabori

Verlag Klaus Wagenbach Berlin

Die Erzählung erschien erstmals 1981 in dem Erzählband *Son of a bitch*
im Carl Hanser Verlag, München Wien.

Wagenbachs Taschenbuch 482
1. Auflage im Oktober 2003

Umschlaggestaltung: Julie August, Berlin unter Verwendung
eines Photos © Terry Richardson. Reihenkonzept: Rainer Groothuis.
Die Karnickel auf Seite 1 zeichnete Horst Rudolph.
Autorenphoto © Marianne Fleitmann.
Gesetzt aus der Arena. Gedruckt und gebunden bei Pustet, Regensburg.
Printed in Germany.

ISBN 3 8031 2482 4

I

Der große G. ist tot, berichtet *Time Magazine*, irgendein deutsches Schwein, wer denn sonst, namens Nietzsche, hat ihn umgebracht, und jetzt ist er tot und weg. Na ja, sind nicht mehr viele von uns übriggeblieben.

»Heutzutage sterben Leute, die früher nicht gestorben wären«, sage ich.

»Wer ist tot?« sabbelt Alice, während sie sich ein Stück Speck in ihren hübschen kleinen Mund stopft.

»Gott.«

»Ich wußte gar nicht, daß er krank war.« In diesem Sommer spielt sie Blondchen-Dumm als Reaktion auf ihre Schwester Betsy, die über Nacht zum kessen Vater wurde und meine Schreibtischplatte mit einem Karatehieb zertrümmerte.

Mich legt sie aber nicht aufs Kreuz, obwohl sie ihre Rolle aus dem Effeff beherrscht. Der erste Krokus im Hintergarten ist kaum heraus und sie schon auf dem Weg zu irgendeinem schwulen Cockney-Friseur, der ihr Löckchen und einen Clara-Bow-Mund in Form eines Katzenarschlochs verpaßt. Jetzt trippelt sie unter gezierten Redewendungen zum Herd, um Eier für den Jungen und den Hund zu rühren. Da rührt sie nun, zu viel Milch, mit schrägem Kopf, und macht große blaue Augen. How Long Will It Last, wie es in dem alten Song heißt. Seit zwei Monaten rollt sie jetzt schon mit den Augen und macht jedesmal einen Schmollmund, wenn sie eine ihrer dummen Schoten abgelassen hat, und kocht, was sie nicht kann, und wichst sogar meine Schuhe, die Perfekte Kleine Hausfrau.

Wenigstens hat sie die Neue Sinnlichkeit aufgegeben. Das war die Rolle im vorigen Winter, als sie bis zum Steißbein in Polymorphen Perversitäten und ähnlichem Mist steckte. Sie ging oben ohne zu Willy dem Fleischer einkaufen, bis so ’n schwarzer Bruder, ein Computerfreak, an ihrer Brustwarze knipste wie an einem Lichtschalter. Und ich holte mir ’nen Schnupfen, weil ich es ihr unbedingt um Mitternacht am Strand von Montauk besorgen mußte.

Vor zwei Jahren war Alexanders Körperhaltungskorrektur an der Reihe, Alice zeigte mir und dem Jungen, wie man richtig sitzt, niemand sitzt richtig außer den Affen, behauptete sie, und tagelang wankten wir, ich und der Junge, wie ein paar King Kongs umher oder gingen kerzengerade, als hingen wir an einer unsichtbaren Strippe.

Jetzt haut sie die Eier hin, zuerst dem Hund, dann dem Jungen. Mein Schmerz ist wieder da und schießt mir die Seite hinunter.

»Ich fühle mich komisch.« Angesichts der Rühreier kann ich es milder kaum ausdrücken.

»Du mußt was Falsches gegessen haben«, sagt Alice mit ihrer Blondchen-Dumm-Stimme, eine Oktave höher als voriges Jahr.

»Ich habe nichts gegessen heute morgen.«

Der Junge wirft einen Blick auf die Eier und bläht einen Nasenflügel. »Zeig mir deine Zunge«, sagt Alice warm, mit Lippen, die nach einem Lutscher lechzen. Ich zeige ihr meine Zunge. »Mein Gott, Arthur, sie ist kurz!« Das klingt tief betroffen. Ich ziehe meine Zunge zurück, sie fühlt sich an wie kalte Kalbsleber.

Die Bauarbeiter an der Ecke haben damit begonnen, eine Abrißbirne durch sieben Schichten Tapeten in irgendein Schlafzimmer krachen zu lassen. Ich gehe nach oben mit meinem Schmerz und sehe aus dem Fenster. Unten steht ein Leichenwagen in zweiter Spur, die Cops sind gerade dabei, ihn abzuschleppen. Ein bißchen später kommen zwei Männer mit einem toten Mann auf einer Trage aus Nr. 191, muß Dr. Haas sein, der Exilpsychiater, ja tatsächlich, sein Gesicht ist so grau wie sein Bart. Noch gestern abend habe ich ihn vor dem Gewürzladen getroffen, er umklammerte einen *Scientific American* und starrte zu den Wolken hinauf. »Goya-Himmel«, sagte er geheimnisvoll. »Die Nejger kommen und schtekn mir die Praxis an.« Er wurde regelmäßig zweimal im Monat überfallen. »Nejger sind schlimmer als die Nazis«, meinte er einmal, »weil die Nejger, die lieb ich.« Jetzt stellen ihn die Männer neben den Mülltonnen ab und jagen hinter den Cops und dem Leichenwagen her. Inzwischen haben sich die Müllkutscher die Straße hinaufgearbeitet. Sie nehmen den Leichnam auf, um ihn in den Reißwolf zu stecken, prima Idee, aber nein, sie lassen ihn einfach neben der Vortreppe fallen, damit sie die Mülltonnen wegrollen können. Der Verkehr auf der Lexington Avenue läßt die Fenster erbeben. Mein Schmerz bebt auch, ein paar Zentimeter vom Pankreas entfernt. »Fühlst du dich besser?« sagt Alice hinter mir. »Nein, mein Schatz.« Sie ist heraufgekommen, ganz liebendes Weib, mit einem Erdnußbutterbrot. »Muß ich mir Sorgen machen?« fragt sie. »Nein, mein Schatz.« Der Leichenwagen wendet am Hellgate Hill, ein paar Regentropfen fallen auf den seligen Dr. Haas. »Wo tut es weh?« erkundigt sich Alice. »Hier, mein Schatz.« Sie legt ihre Hand darauf, mein Schmerz macht eine Volte. »Es wird ein Virus umgehen«, sagt Alice,

»ist die Zeit dafür.« Ich tue ihre Hand beiseite. »Ja, mein Schatz.« Der Leichenwagen fährt an, Haas geborgen darin, streift meine hintere Stoßstange und ist verschwunden. Ein betrunkener Schwarzer schlingert vorbei, bleibt stehen, gafft und macht das Kreuzzeichen, von unten nach oben.

II

Ich parke in der 53. Straße im Halteverbot, sollen sie doch, wen kümmerts, Schmerz ist schlimmer, Tums helfen auch nicht, wo ist der Rülpser vom vergangenen Jahr, um die Krämpfe zu mildern? Ich klammere mich groggy an eine Verkehrsampel, um nicht umzukippen.

Über die Sixth Avenue komme ich nie, höchstens auf allen vieren. Als ich die Augen öffne, packt mich so 'n kleiner Pfadfinder am Ellenbogen. »Grüner wird es nicht«, sagt er, beim Anblick seines Puddinggesichts juckt mir die Hand.

»Leck mich am Arsch.«

»So was sagen Sie zu einem kleinen Pfadfinderjungen?«

»Groß genug, um ranzukommen, bist du, Bengel!« Diese Art von Schmerz macht einen ganz bösartig, besonders wenn so eine heiße kleine Pfote einem am Ellenbogen rumfingert. Ich schüttle sie ab und gehe allein weiter, einen Bleifuß vor den anderen setzend. Niemand geht richtig, Leute, pflegte Alice vor zwei Jahren in ihrem rosafarbenen Gymnastikanzug zu verkünden und ließ mich und den Jungen umherschreiten, als balancierten wir griechische Vasen auf unseren Schädeln. Im Fahrstuhl nach oben macht mein Schmerz einen Purzelbaum. »Besorgen Sie mir Alka Seltzer, Liebste«, sage ich zu Miss Lucinda Blau. Ihre Klimakteriumsflecken vertragen sich schlecht mit ihrer Machen-Sie-das-Beste-aus-Ihrem-Typ-Hauttönungscreme.

»Willy Callaghan ist raus aus der Klapsmühle«, sagt sie mit ihrer krisenschwangeren Schmirgelpapierstimme, Miss Blau liebt Krisen, und reicht mir die Post.

Callaghan sitzt in meinem Büro und betrachtet die Aussicht. »Atemberaubend«, sagt er, ohne zu grüßen. »Von hier oben. Da unten, das ist 'ne andere Chose, mit der ganzen Hundescheiße.« Man hat ihm in der Klapsmühle einen Bürstenhaarschnitt verpaßt und eine neue Brille: randlos, gelbgetönt und sehr dick.

»Wie gehts denn so, Willy?«

Er trägt seinen Bogart-Zweireiher, die Ärmel sind zu lang, seine

Patschhändchen kaum zu sehen. Wie oft habe ich zu ihm gesagt, Willy, achte auf die Ärmel, wenn du 'nen Anzug kaufst, sie sind zu lang, siehst aus, als trügst du 'nen Abgelegten von deinem Vater.

Das erste Mal flippte er aus, als man ihn aus der Dragnet-Serie oder einem anderen TV-Mist geschmissen hatte, ihn, den Besten Sadistischen-aber-im-Kern-Herzensguten Inspektor der Branche. Das nächste Mal wurde er gefeuert, als er auf einer Provinztournee in »Bei Anruf Mord« eine Knattercharge spielte, dann fing er plötzlich an, mit einer Sherlock-Holmes-Mütze herumzuspazieren, aber splitterfasernackt, und schiß seinen Agenten im kloßigen Cambridge-Akzent zusammen. Seit dieser Zeit sagt er »Geschlechtsverkehr« statt »ficken«.

Jetzt sitzt er da und zerrt an einem bleichen Knöchel in seinem Ärmel. Als er sich vom Ausblick abwendet, sind seine Biberzähne auf der Unterlippe zu sehen.

»Was kann ich für dich tun, Arthur?« fragt er, als sei dies sein Büro.

Mein Schmerz ist atemberaubender als die Aussicht. Wie schaffe ich mir diesen Zombie vom Hals? Miss Blau tritt ein mit Alka Seltzer. Callaghan stiert auf ihre geschwollenen Fußknöchel, bis sie wieder draußen sind. »Wer ist die Puppe?« fragt er mißtrauisch.

»Miss Blau, meine Sekretärin, du kennst doch Miss Blau.«

»Erklärungen nützen dir gar nichts«, schnappt er. »Ich kündige alle meine Versicherungen bei dir.«

»Nach fünfzehn Jahren, Willy?« Das Alka Seltzer sprudelt nicht wie es sollte.

»Ich glaube nicht mehr an den Tod«, fährt er eiskalt fort. »Bekommt einem nicht, wird gestrichen.«

»Und deine Familie?«

»Ans Bein gefickt!«

Die GV-Periode ist also vorbei. Vielleicht ist er in eine seiner anderen Rollen zurückgefallen. Und wie! Schon steht er auf, zieht seine Hose mit den Ellenbogen hoch, läßt seine linke Wange zucken, Gottseidank, er hats wieder mit Bogey.

Ich sollte es mit der Modifizierten Gestalttherapie versuchen, ihm ins Gesicht sagen, Willy, deine Versicherung ist vor zehn Jahren ausgelaufen, deine Frau hat so viel gepumpt, um für deine Klapsmühle zu zahlen, daß die Kapitaleinlage aufgezehrt ist, ich habe Schmerzen im Bauch, verkühlter Magen, nehme ich an, also bleib mir vom Hals und laß mich in Frieden leiden. Aber ich bin nicht umsonst der Superversicherungsagent der Ostküste, also lasse ich ihn mein Alka Seltzer schnappen, er kippt es runter, als sei es Bourbon pur. »Willy, das Problem ist das Sterben, nicht der Tod.« Das ist Gambit Nr. 52, funktioniert am besten bei New Jersey-Witwen. »Die Preise schnellen in die Höhe. Nehmen wir an, Gott behüte, du hast was Bösartiges mit Komplikationen, dann bist du schnell erledigt, sagen wir in vierzehn Monaten, ein angemessener Schnitt. Vor fünf Jahren hätte dich die ganze Kiste fünfzehn- bis sechzehntausend gekostet, Blumen inbegriffen. Heute rührt keiner einen Finger unter fünfundzwanzigtausend. Liebst du deine Frau denn gar nicht?«

»Hat man dir wohl verschwiegen, wie?« Ich merke schon, er nimmt Anlauf zu einem Bogey-Lispeln, wartet nur noch auf ein schönes Sss, womit sichs lispeln läßt.

»Was denn?«

»Ich habe mich entschlossen«, sagt er, ein Zischen durch die vorstehenden Zähne, »nicht zu sterben.«

Siehst du diese Tür, Willy? Mach sie still von draußen zu, denke ich, aber ich sage: »Willy, ich habe die neueste Statistik hier, in jeder Minute kratzen zweieinhalb Menschen ab in dieser Stadt, auf natürlichem Wege, Morde nicht inbegriffen. Gott hat es gegeben, Gott wird es nehmen.«

»Nicht mich, Jungchen!« brüllt er.

»Willy, du bist zwar was Besonderes, aber so was Besonderes nun auch wieder nicht. Gott selber ist neulich gestorben.«

»Die Frage ist, wer war der Täter«, sagt er hitzig, sein Bogey-Finger sticht ins Leere. Er folgt dem Finger zum Fenster. Auf der anderen Straßenseite, hoch oben im Hilton, steht eine verrückte Oma und zeigt ihre nackten Titten in Pfannkuchenform unter einem T-Shirt mit dem Aufdruck »Visit Fun City«.

»Die Vö-Vögel gehen spazieren«, sagt Willy versonnen. »Wenn ich richtig in Fahrt komme, bleiben mir manche Wörter stecken. Kennst du das?«

»Als Kind habe ich gestottert.«

Er setzt sich auf meinen Schoß, die Augen stehen ihm voller Wasser. »Arthur, ich liebe dich.« Das Telefon summt, aber ich warte, bis Willys Tränen über seine Biberzähne gerollt sind. »Verbrechen waren mein täglich Brot«, fährt er fort, »Mord die Rosinen dazu. War fünfundzwanzig Jahre bei der Polizei, davon zehn beim Morddezernat, bis sie mich pensioniert haben, verdammt nochmal!« Er pellt mir eine. »Entschuldigung!« Er küßt mich, seine Zähne schlagen gegen meine. »Ich weiß, wovon ich rede.«

Ich nehme den Hörer ab, es ist Diane. »Lunch?«

»Ja.«

Ist Ehebruch gut gegen Gastritis? Mein Schmerz pocht wie der Puls.

»Wer war das?« Willy ist wieder mißtrauisch.

»Ein Kunde.«

»In meiner Freizeit bastle ich ein bißchen.« Er hat die Bogey-Nummer fallenlassen und ist jetzt bei etwas anderem, Basil Rathbone vielleicht, sehr Upper-Class. »Hab die Wiege meiner Frau repariert. Sie quietschte. Jetzt nicht mehr. Alles, was sie sagte, war: Mach die Tür leise zu hinter dir, Dickerchen. Hast du schon mal eine Leiche gesehen?«

»Ja.«

»Faß ja keine ohne Fäustlinge an.«

»Willy, ich habe eine Lunchverabredung in der Stadt.«

Er drapiert ein flanellgewandetes Bein über ein Knie, schnipst einen Fussel weg, zupft an seiner Manschette, der gute alte Basil mit seinem Modifizierten Britisch. »Ich habe sonst niemanden, mit dem ich spre-spre-sprechen kann. Ich habe so fabelhafte Ideen, und niemand hört mir zu. Sie wollen mich wegsperren, in eine Gummizelle zu sechst, aus Angst, daß ich auspacke. Würdest du etwa enden wollen in einer Gummizelle zu sechst? Den Tod erwartet man am besten an einem privaten Ort, in Stille, außer ein paar Keuchern. Da ist ein Bett und darin ein Mann, der auf das Ende seines natürlichen, ha-ha, Lebens zusteuert. Die Familie sitzt am Bett, sonntags immer, alle Augen sind abgewandt außer den beiden, die aus den Kissen hervorquellen, bis sie barmherzig zugedrückt werden. Die Leiche wird aus der Sicht geschafft, vergraben, weißt du, oder verbrannt. Der neueste Trend ist, aufrecht zu vergraben, wie im Fahrstuhl, um Platz zu sparen. Am besten wäre es, das arme Gesicht nicht zu ölen, sondern zu zerschmettern, warum hast du uns verlassen, warum hast du uns verlassen? Diese Einfälle sind natürlich sehr komprimiert und fehl am Platze, aber du verstehst doch, worauf ich hinauswill, alter Freund?«

»O ja, in der Tat.«

»Wer singt da?« Er schleicht an den Wänden entlang und starrt in meine Aktenschränke.

»Das Radio.« Niemand hat gesungen.

»Du weißt alles, was?« Er schreit gehässig, wirbelt herum, Scotland Yard kurz vorm Zuschlagen. »Siehst du diesen Stein?« Er ist weiß, ein Strandkiesel. »Willst du sehen, wie er nach oben fällt?«

»Aber natürlich.«

Er bewegt seine Zähne auf und ab, als kaue er eine Mohrrübe.

»Mach 'nen Kopfstand!«

»Der Kunde hat immer recht, Willy.« Mit diesem Wahnsinnigen werde ich mich doch nicht anlegen. Noch fünf Minuten und ich rufe die Irrenanstalt Bellevue an. Inzwischen mache ich einen Kopfstand, so wie Alice es mir in ihrer Tantra-Yoga-Periode vor drei Jahren beigebracht hat. Willy läßt den Stein fallen.

»Fantastisch«, sage ich.

»Heute morgen habe ich den Rasen gemäht«, schwatzt er weiter. »Du darfst dich wieder aufrichten.« Wir haben uns beide auf dem Teppich niedergelassen. Es muß doch eine leichtere Methode geben, seine Kohle zu verdienen, als Lebensversicherungen an heruntergekommene Schizos zu verhökern. »Mein Nachbar fragte mich, wie ich ihn so grün kriege. Nun, alter Junge, wenn Sie zwei- bis dreihundert Jahre lang mähen, wird er eben so grün. Rasen sterben nicht. Wenn man Priester, Leichenbestatter, Einbalsamierer, Irische Totenwachen, Mexikanische Totentage, Kerzen, Särge, Grabsteine, Friedhöfe, Totengräber, Krematorien, Todesanzeigen, Lebensversicherungen und schwarzen Krepp, das nenne ich eine eindrucksvolle Liste, abschaffen würde, brauchte niemand zu sterben. Ich weiß, wovon ich quatsche, trotz meiner vorzeitigen Pensionierung, verdammt nochmal!« Diesmal verpaßt er mir eine in den Magen, ich schmecke Galle auf der Zunge. »Einmal ein Kriminologe, immer ein Kriminologe. Wo ich auch hinsehe, sehe ich Verschwörungen, und hier ist eine im Gange. Jemand geht um und schlachtet uns ab, einen nach dem anderen, aber der Gärtner ist es nicht.«

»Nein?« Ich versuche aufzustehen.

Willy hält mich zurück. »Ich habe Schmerzen in der Seite, kennst du das?«

»Nein«, lüge ich, das geht ihn gar nichts an.

Er krümmt sich zusammen und schluchzt auf meinen Teppich. »Ich will nicht sterben, Arthur.«

»Natürlich nicht.«

Willy steht auf, Tränen strömen ihm übers Gesicht, er rückt seinen Herrenbinder zurecht, Ellenbogen auf ein Regal gestützt, als sei es ein Kaminsims, gräbt eine Pfeife hervor, keinen Tabak, versucht sie anzuzünden, der Ewig-Britische-Inspektor, der den Fall zusammenfaßt, bevor er sich auf den wirklich Verdächtigen stürzt. Ich schiebe mich näher an meinen Schreibtisch heran, um Miss Blau zu Hilfe zu summen, nur für den Fall. »Am 17. April, kurz nach Sonnenuntergang, war ich in meinem Büro in der Baker Street, als das Telefon klingelte.« Er baut seine Geschichte auf bis zum unausweichlichen Schluß, der Pointe, die Sie vom Hocker reißen wird. »Eine Mrs. Lobotomy war an der Strippe, in offensichtlicher Verzweiflung. Sie war an jenem Abend ein Meter zwanzig groß auf Strümpfen und hatte Grübchen. Ihr Mann war mit Schmerzen in der Seite aufgewacht, und niemand konnte sagen, ob es vom Schmorfleisch kam. Reiben (den Mann) half gar nichts, also rief sie den Hausarzt. Aber, und hier wird es richtig makaber, Dr. Salmon hatte seine Klinik soeben mit einem Nebenhöhlenkatarrh verlassen, tränenden Auges und einer höchst merkwürdigen Art, sich zu räuspern. Seine Sprechstundenhilfe empfahl meiner Klientin, ihren Mann mit einer Wärmflasche ins Bett zu stecken. Zwei Stunden später brachte man ihn mit Blaulicht und einer örtlichen Blutung ins Ortskrankenhaus. Es war ein nebliger Tag. Die Röntgenaufnahmen zeigten eine Verformung und eine Funktionslähmung. Die Operation war ein Bombenerfolg, ist sie ja immer, aber keines der Kinder erschien zur Beerdigung, und Mrs. L. begann, unter eingeschlafenen Füßen zu leiden. Sie hatte sich nie mit ihrer Schwester verstanden. Als ich sie heimlich besuchte, war sie schon kahl geworden von der Kobaltbehandlung, und obwohl sie sonst die perfekte Gastgeberin war, hatte sie in einem ihrer Grübchen eine Spur von Kot. Ich durchsuchte das Haus oberflächlich. Die Lampenschirme waren grün, und hinter den Rieselfeldern parkte ein ausländischer Wagen. Als Besitzer identifizierte ich einen Mysogonisten, der gerade krank geworden war. Einen Monat zuvor war er beim Tauchen in Spanien auf einen Seeigel getreten und hatte sich den Fuß infiziert. Seine Krampfadern schwollen bis zur Unkenntlichkeit an, auf Antibiotika reagierte er mit Schwindelanfällen. Und wer war der behandelnde Arzt? Getroffen: Dr. Salmon, sehr bleich, auf Diät. Während ich auf weitere Informationen drängte, schneite ein Mr. Holinshed herein. Er stand unter sichtbarem Stress, was fälschlicherweise als Zwölffingerdarmgeschwür diagnostiziert worden war. Er hatte versucht, sich durch Selbsthypnose das Rauchen abzugewöhnen. Ich ertappte ihn im Wintergarten, als er im Spiegel Gesichter schnitt. Seine Verlobte war ihm mit einem Black Panther durchgegangen. Entschuldigungen, Entschuldigungen! bis seine verehrte Frau Mama ihm Hühnersuppe brachte und mich an eine Ex-Ehefrau, Olga Glatzkopf, weiterempfahl. Sie war bei blühender Gesundheit, hochaufgestützt gegen die Spitzenkissen. Alle Innereien waren ihr operativ entfernt worden, eine Hernie blieb in der Narbe zurück. Die Türen waren von innen verrammelt, die Fenster fest verschlossen: niemand konnte hinein oder heraus, als man sie fand. Der letzte, der sie frisch und munter gesehen hatte, war ein gewisser Colonel Horne, Kriegsheld mit Verdienstorden. Mir konnten sie nichts weismachen. Überall waren falsche Spuren gelegt, der Telefonhörer lag neben der Gabel, ein Sohn quälte seine indianische Flöte, und der Colonel lag ausgestreckt auf dem Massagetisch. Auf dem Kaminrost schwelte ein Bündel parfümierter Briefe. Ich griff mir ein angesengtes Schnipsel und entzifferte den Absender. Die fragliche Dame, Namen tun nichts zur Sache, war gerade aus Europa zurückgekehrt. Als sie sich bückte, um ihren Pudel zu streicheln, biß er ihr die Nasenspitze ab. Sie beschloß, sich gleich das ganze Gesicht liften zu lassen, Tränensäcke, Doppelkinn, den ganzen Krempel. Dann starb sie. Arthur, alle sterben!«

Er knöpft sich die Hosen auf, meine Hand schwebt über dem Summer, aber er läßt mich nicht aus den Augen. »Vorigen Montag tranken wir Tee am Swimming-Pool. Der Rosenstrauch war nie so schön gewesen. Kein Wölkchen am Himmel. Gladys verschwand mit einer durchsichtigen Entschuldigung und kehrte zitternd wie Espenlaub zurück. Mein Bruder hatte gerade einen Schlaganfall erlitten. Er saß mit einem Schulfreund beim Mittagessen, als der Schmerz ihn im linken Arm traf. Er setzte sich ins Hutgeschäft Locke. Ich fand ihn ausgestreckt zwischen Melonen. In fliegender Hast brachte ich ihn ins falsche Krankenhaus, und er starb auf dem Weg ins richtige. Atmen schien ihm die köstlichste Sache der Welt, er kostete jeden Atemzug wie ein Weinschmecker und versuchte, durch den Nachmittagssmog einen Zipfel von Gott zu erhaschen. Wer ist der nächste?«

Er steht da, die Hosen heruntergelassen bis zu den Knöcheln, wie ein Junge, und kippt vornüber, die Zunge zwischen seinen Biberzähnen, die Augäpfel drehen sich weg von mir.

III

Bei Sardi setzten sie Diane an einen Tisch im Vordergrund, wohin denn sonst, schwarz ist ach so schön in dieser Saison. Sie trägt ihr Haar in Afrozöpfen, mit Kamelpisse behandelt, erzählt sie mir. Wie dem auch sei, ihren Achselhöhlen entströmt ein süßer Duft nach Acapulco-Gold. Wenn ich meinen Schmerz nicht hätte, würde ich sie sehr lieben. Na und, würde sie sagen, was beweist das schon, du Mistkerl? In meiner Muschi Versteck spielen und 'ne Nullnummer schieben mit dieser schlappen Nudel, statt schwarz zu werden oder mir das Lincoln Center zu kaufen oder dich wenigstens von Alieze, der Mieze, scheiden zu lassen. Was für dich, Arturo, ein Wunder an Verschmelzung ist, ist für mich nur ein Unterleibsnieser, würde sie sagen. Außerdem haut sie so in diese doppelten Tournedos, daß mein Schmerz wie eine Maus meine Kehle hinaufschlüpft. »Nein, danke, für mich im Moment nichts«, sage ich zum Oberkellner und lutsche noch ein Tums.

»Wow, das wird ja mal wieder ’ne richtige Orgie«, sagt Diane mit vollem Mund.

»Ich bin nicht auf dem Damm, Schatz.«

Sie betrachtet sich einen Klumpen halb rohen Fleisches. »Sag nicht ›Schatz‹ zu mir. Das ist für Ehefrauen.«

»Wie wärs mit einem Fernet Branca, Mr. Prince?« fragt der Oberkellner.

»Gute Idee.«

Diane steckt das Fleisch in ihren großen Mund, der immer aussieht, als wolle er Küsse verteilen. »Du ißt nicht, du trinkst nicht, du hast seit einer Woche nicht mit mir gevögelt. Was tust du eigentlich ?«

Wenn ich meinen Schmerz nicht hätte, würde mir der Streit Spaß machen. Sie kann sehr gut streiten, es ist ihre Art zu lieben. Einmal hat sie mir des Nachts eins mit dem Krallenteppich ihrer Katze übergezogen, wumm! Als ich protestierte, sagte sie: Du kannst keine Kritik vertragen! Wie fast alle Ballettratten braucht sie drei Stunden, bis sie kommt, aber wenn sie kommt, muß man ihr ein Kissen übers Gesicht legen, so laut schreit sie, von ganz ganz unten. Eines Nachts riefen die Nachbarn nach den Bullen, sie dachten, ich bringe sie um.

»Hast du mit Alice über die Scheidung gesprochen?«

»Nein.«

Sie muß heute morgen in der Gruppe gewesen sein. Dort hat man sie mit Psycho-Tips aufgeladen. Sag genau das, was du denkst, Diane, hör auf, die Verständnisvolle zu spielen, Diane, und so weiter in dieser ganzen Modifizierten-Entschlußtherapie-Scheiße.

Sie gießt Ketchup über den Teller und sagt: »Ich habe ein Fläschchen Tabletten in der Tasche. Du hast fünf Minuten Zeit, mir zu sagen, warum ich sie nicht nehmen soll.« Viermal im Jahr versucht sie, Selbstmord zu begehen, mit jedem Jahreszeitenwechsel. Als richtiger Profi vergewissert sie sich, daß sie im letzten Moment gerettet wird. Tod schwebt über ihr, ein süßlicher Geruch in ihren Achselhöhlen, verführerischer als ihr Mund. Als wir uns zum zweiten Mal trafen, im Village Gate, spielte Charlie Parker, jeder Akkord eine persönliche Beleidigung meiner Liebe für Schmalz und Kitsch, was kann ich dafür, daß ich auf Scott Joplin stehe? Diane rollte einen zigarrengroßen Joint, als ihr Bruder Alvin heranschlenderte, einäugig, mit dem Nacken eines Preisboxers, ein Knastbruder mit einem Faible für Camus, den er Kamuhs nennt. Sie sprachen über Selbstmord wie andere Leute über Autokauf sprechen. »Erhängen ist nicht zu empfehlen«, sagte Alvin. »Höchstens in Notfällen, zum Beispiel in einem südamerikanischen Gefängnis. Ertrinken, wenn man sich die klassischen

Fälle betrachtet, ist meist 'n Schuß in 'n Ofen, sich das Gehirn wegblasen, wäre rücksichtslos der Familie gegenüber oder was von ihr übriggeblieben ist, mit ihrem festen Glauben, daß Reinlichkeit Göttlichkeit ist. Kleckrig wie Haferschleim, der ganze Bregen auf Mutters Teppich, und falls man aus dem Fenster springt, ist das eine ökologische Unhöflichkeit, besonders wenn mans koppheister macht und die Markise verfehlt. Für Harakiri müßte man Zen studieren, und dazu bist du zu alt. Schlaftabletten sind riskant, dazu fällt mir eine Geschichte ein. Lupe Velez, die mexikanische Schönheit, Gebärmutterhalskrebs, beschließt, sich im Hollywood-Stil umzubringen, nur der beste Tod ist gut genug, zieht ihr schickstes Edith-Head-Kostüm an, deckt den Tisch mit Kerzen und Kaviar, öffnet eine Flasche Dom Perigny '28, schluckt fünfunddreißig Veronal, wovon ihr übel wird, trippelt auf Zehenspitzen zur Toilette, stolpert, fällt, schlägt mit dem Kopf gegen das Becken, und so fand man sie, Kopf im Klo, tot in ihrer eigenen Kotze, nicht gerade das, was man einen romantischen Ufa-Shot nennt. Ich würde dir raten, dir die Adern aufzuschneiden in einem Schaumbad, und zwar beide Arme, wegen der Symmetrie. Oder Strychnin in Bourbon.« James Baldwin schwebte in einem makellosen italienischen Seidenanzug vorbei. »Da geht unser Ein-Millionen-Dollar-Shoeshine-Boy«, bemerkte Alvin bissig und drehte sich zu mir um. »Was wollen sie von meiner Schwester?« Ich kam mir vor wie ein Bauerntölpel aus Arkansas, aber ich sagte: »Ich glaube, ich liebe Ihre Schwester!« Alvin lachte so laut, daß sich der Nebentisch beschwerte. »Und du, Schwesterlein?« Diane stieß den Rauch in ihre Nebenhöhlen und sagte: »Er ist in Ordnung. Erinnert mich an Großpapa.« Alvin nahm sein Glasauge heraus, eine irritierende Angewohnheit, und ließ es auf seiner Handfläche auf- und niederhüpfen. »Wenn ihr zwei je zusammenkommt, dann im Selbstmord.«

Das war vor meinem Schmerz. »Mit Aspirin schaffst du das nicht, Schatz«, sage ich zu Diane.

»Und mit Luminal?«

Am Nachbartisch sitzen drei Westküsten-Managertypen, ihre täglichen Ängste mit Tweedjacketts verkleidet. Sie lachen, als hätten sie einen Riesenspaß, aber ihre Sonnenbräune sieht aus wie Schminke, ihre täglichen Ängste haben ihre Münder gerunzelt, die machen niemandem was vor. Sie müssen unserer Unterhaltung gefolgt sein.

»Ich kann dich mir nicht vorstellen in einer kleinen Urne«, sage ich ruhig zu Diane. Geht doch nichts über ein tintenschwarzes Witzchen, wenn der Fallschirm nicht aufgeht. Sie hat inzwischen die drei Westküstentypen angepeilt. »Gestern nacht saß ich auf dem Außensims meines Fensters«, sagt sie vertraulich zu ihnen, eine Spur Ketchup auf ihren schwellenden Lippen, »und rief ihn an, um ihm zu sagen, daß ich springe.«

»Was Sie nicht sagen«, sagt Tweed Nr. 1 und toastet ihr mit seinem Dry Martini zu, die anderen kichern, New York, New York, du wunderbare Stadt.

»Beruhige dich, Diane«, sage ich.

Sie beachtet mich nicht.

»Wißt ihr, was dieses Arschloch sagte? Er sagte: Na los, spring, aber steig erst aufs Dach, damits ein Treffer wird.«

»Was Sie nicht sagen«, sagt Tweed Nr. 1 wieder, aber Diane schreit ihn an. »Warum gibts nicht mehr Frauen in diesem Saftladen?«

»Frauen leben länger«, sage ich zu ihr.

»Ja, aber wie?« Sie schmiert sich Ketchup übers Gesicht. »Mein Kopf ist ein Mülleimer«, sagt sie mit ihrer privaten Stimme. »Und alles ist darin, Alvins Glasauge, Mamas Rosenkranz, Papas Hörgerät, ein kalter Hamburger in Alufolie. Als ich noch ein Kind war in Poughkeepsie, vertrimmte ich alle Jungen in der Nachbarschaft, ich hieb ihnen eins mit Alvins Baseballschläger über, das hätte ich beibehalten sollen. Du hast das Trikot nie bezahlt, das wir zusammen bei Capezio ausgesucht haben. Du machst ständig abfällige Bemerkungen über meine dunklen Möbel. Du hast mich gezwungen, die Katze wegzugeben. Du wirst nicht zu meiner Beerdigung kommen.«

Ich starre Tweed Nr. 1 an und wünsche mir, daß mein Schmerz mir in die Hände kriecht, damit ich zuschlagen kann, ich kann den Aufprall meiner Knöchel auf seinen Präsidentschaftskandidatenzähnen spüren, ich wünsche, ich könnte diese Zähne krachen hören. Der Oberkellner kommt mit dem Fernet Branca.

»Kann ich Ihre Bestellung aufnehmen, Mr. Prince?«

»Bringen Sie mir eine Avocado.«

Er verbeugt sich leicht, sagt ruhig: »Miss Fringe nimmt die Tabletten, Sir.« Er kennt sie. Vorige Weihnachten hat sie sich an eben diesem Tisch die Pulsadern aufgeschnitten und verströmte, an die Wand gelehnt, unter der Tennessee-Williams-Karikatur.

»Rufen Sie bitte einen Krankenwagen«, sage ich zu ihm.

»Wenn du mich wieder auspumpen läßt«, sagt Diane, »tue ichs das nächste Mal mit einer Machete. Es ist mein Bauch, mein Baby, mein Begräbnis.« Was für ein Baby, um Himmels willen, was für ein Baby? Sie spricht jetzt zu den Westküstentypen, sehr höflich. »Wann habt ihr Spanner das letzte Mal eine Leiche gesehen? Wartets nur ab. Ich bin auch ganz ruhig!«

Warum sollte jemand sterben wollen, vorausgesetzt der Schmerz verschwindet, und das tut er ja immer? Heute morgen, als Callaghan zusammenbrach, als seine Augen glasig wurden, war ein Stück Himmel in ihnen. »Gehen wir, Diane«, sage ich und berühre sie am Ellenbogen.

»Ich verspreche, ganz ruhig zu sein«, murmelt sie. Sie versucht, die Ketchupflasche zu zerschmeißen, aber sie ist aus Plastik. Wenn ich meinen Schmerz nicht hätte, würde ich sie auf meinen Armen hinaustragen, ihr Kindergesicht auf meiner Schulter, weg von allem, wohin?

IV

Dienstagnacht. Fühle mich besser, nachdem ich Joe Spritz im Squash geschlagen habe. Nichts ist so gut für die Gesundheit wie das Gefühl, etwas geleistet zu haben. Harold Bambergs Cholesterinspiegel zum Beispiel senkte sich, nach zwei Herzattacken, auf wundersame Weise, nachdem ihn ein wunderschöner besoffener Puertorikaner in der U-Bahn gefragt hatte, ob er ihm einen lutschen könne. Wir alle brauchen Liebe, sagt *Women's Daily Wear.*

Joe und ich legen uns in Liegestühle in der Dampfsauna des Hebräischen Vereins Junger Männer in der 92. Straße, einer kulturellen Oase, einem schmierigen Fitness-Center, Joes letztem Bindeglied zum Judaismus, obwohl es gerammelt voll ist von heidnischen Polypen, irischen und schwarzen, vom Polizeirevier nebenan. Zwei dieser schwarzen Schönheiten sind schemenhaft im Dunst zu erkennen, ihre dreißig Zentimeter langen Nüllen pendeln genau vor unseren Augen.

»Man weiß nie, wann es zuschlägt«, sagt Joe, seine Augen folgen dem Pendeln.

»Was?« Ich blättere im *Women's Daily Wear,* der einzigen einigermaßen trockenen Zeitschrift in der Sauna.

»Kiefernklemme.« Joes Technik liegt im Überraschungsangriff. »Du solltest nicht im Dampf lesen, Lesen ist karzinogen.« Er war schon immer berühmt für sein schnelles Schalten, der letzte Alleinunterhalter, der noch zu einer Zeit auf der Schwarzen Liste stand, als es gar keine Schwarze Liste mehr gab. Er ist der Meister des längsten Lachers im Showbiz, vierzehnundeinehalbe Minute, als er versuchte, in einer Show, die in Pittsburgh Pleite machte, einen Schimpansen zu shampoonieren. »Schwitzt du?« fügt er hinzu und fummelt an seinem Ohrläppchen herum, ein Zeichen, daß gleich die Pointe kommt.

»Klar, Joe, das ist der Sinn der Sache.«

»Kann tödlich sein in deinem Alter. Siehst du diese Fettrolle?« Er kneift in meine linke Brust. »Man weiß nie, wann es einen trifft.«

Hand auf dem Herzen, Ellenbogen angewinkelt, Schatten von Bob Hope. »Jay Jay ist in der Stadt. Wenn ihm irgendwas ein Alptraum ist, dann ein schwitzender Komiker.«

»Ich bin kein Komiker, Joe, du bist der Komiker.«

»Wechsel nicht das Thema.« Joe bleibt immer am Ball, probt an irgendeiner neuen Nummer, die er sich in einer Lox-and-Bagel-Bude in der Upper West Side zusammengereimt hat. »Jay Jay sagte zu Fatty Arbuckle, erinnerst du dich an Fatty Arbuckle? rammte einmal 'ne Sektflasche in den Arsch einer Nutte, ein Riesenskandal in den zwanziger Jahren, Fatty, sagte Jay Jay, du schwitzt zu viel, wenn ich dich noch einmal erwische, wie du mit einer glänzenden Nase in mein Studio kommst, bist du erledigt in dieser Stadt.«

Er geht, um sich unter der Dusche abzukühlen, kommt mit Gänsehaut zurück. »Hab Jay Jay im Twenty-One gesehen. Sieht jünger aus als er ist, was an die neunzig sein muß. Ich hab gehört, er schläft in einer Tiefkühltruhe. Jeden Morgen schmelzen sie ihn auf und lassen ihn über einer Badewanne abtropfen, frisch wie ein Morgenbrötchen. Wie lange schwitzt du schon, Arthur?«

»Halbe Stunde, warum?«

»Du bist keine achtzehn mehr, weißt du.« Joes angeborene Melancholie ist durch seine Niederlage im Squash nicht besser geworden. Lachender Joe, nennt ihn mein Junge, er lächelt nie, ein Segen, denn sein Mund sieht scheußlich aus, besonders seit er sich bei einem Autounfall auf Long Island die unteren Zähne ausgeschlagen hat, ein einziger Vampirstummel ist übriggeblieben, der hält das provisorische Gebiß zusammen. Er reißt mir die Zeitschrift aus der Hand, will, daß ich seinem Affen Zucker gebe, hat seinen Stichwortgeber, Burt Blavatski, vor drei Monaten verloren, Burt war ins Manhattan West gegangen, um sich einen Zeh abnehmen zu lassen, keine Affäre, aus Versehen nahmen sie ihm die ganzen Innereien heraus, was übrigblieb, hätte in einen braunen Manila-Umschlag gepaßt, außerdem gaben sie ihm am dritten Tag eine falsche Blutkonserve, am vierten wachte er nicht mehr auf. »Tant pis«, sagte Joe am fünften Tag, »was in gebrochenem Französisch soviel heißt wie: Tantchen ist aufs Klo gegangen.« Seit jenem Tag ist er wie ein streunender Hund, vermißt Burt, will seine Stichworte haben, sogar im Privatleben, obwohl er mir erklärt, daß er an einer Solonummer arbeitet, Stil Lenny Bruce, für ein Sommertheater in den Catskills, feine Aussichten, aber ich tu ihm den Gefallen. »Wenn ich darüber nachdenke, habe ich mich schon die ganze Woche komisch gefühlt.«

Joes Augen blitzen begierig auf. »Was für eine Art von komisch?«

»Schmerzen.«

»Das Schlimme ist, daß man Schmerzen nicht lokalisieren kann«, erklärt Joe. Die beiden Schwarzen lassen sich im Dunst nieder, hören zu und ordnen ihre Pints. »Und selbst wenn sie lokalisiert sind, können sie genausogut reflektiert sein. Du glaubst, es schmerzt hier, in Wirklichkeit schmerzt es dort. Nimm nur mal die Wanderniere. Seit Monaten pinkle ich ’nen gegabelten Struller.«

»Könnte die Prostata sein«, biete ich ein Stichwort an.

»Hab keine mehr.«

Ich spiele den Gekränkten. »Aber Joe, das hast du mir nie erzählt.«

»Harmlose Operationen gibt es überhaupt nicht«, sinniert Joe. »Was als Kolik beginnt, kann als Schlaganfall enden. Nicht beim Schneeschippen, sondern danach.« Den schwarzen Brüdern will er auch Angst einjagen. »Macht bloß keinen Urlaub, wenn ihr es vermeiden könnt. Am Strand kippen mehr Burschen um als am Schreibtisch.« Mensch, der Strand war doch früher okay. »Gicht ist wieder in«, stößt er nach einer Pause wieder zu.

»Was du nicht sagst.«

Die beiden Schwarzen haben sich auf der anderen Seite des Ganges niedergelassen und stecken ihre Riesendinger weg. »Habe meine Parodontose vorige Woche untersuchen lassen.« Joe fasziniert sie mit seinem bleckenden Zahnfleisch. »Diese Woche ist mein Haar dran, die Enden spalten sich.« Einer der Schwarzen befühlt automatisch seine Haare. »Man weiß nie, wann es einen trifft.«

Joe wirbelt zu mir herum. »Was macht deine kahle Stelle?«

»Wird auch nicht kleiner, Joe.«

»Was wie ’n Ekzem aussieht, könnte ein Melanom sein oder anders gesagt ›Hautkrebs‹, Brüder.« Joe streckt ein mächtiges Bein aus. »Dieser Fleck da ist durch Bestrahlung eingedämmt. Und dieser kleine Tunichtgut«, er zeigt in seine Kniekehle, »wurde mit einer diathermischen Nadel weggebrannt. Und da unten ist ein dritter, seht ihr, der ist rausgeschnitten worden, ein Fehler, nicht tödlich, aber seht euch die Nähte an, allmählich sehe ich aus wie der Scheißheilige Sebastian, nachdem er von heidnischen Pfeilen durchlöchert wurde. Und das da war mal ein Geburtsmal. Gott weiß, was es jetzt ist.«

»Eine Warze«, sagt der größere der Schwarzen.

»Warzen bleiben nicht ewig Warzen«, warnt Joe ihn. Dann zeigt er auf sein Handgelenk. »Hier ist eine neue, zwei Monate alt. Sie vermehren sich wie Karnickel, recht gutartig, Hemingway hatte welche im Gesicht, trotz seines Geldes. Zu viel Sonne, zu viele Rasuren. Wie oft rasierst du dich, Arthur?«

»Täglich natürlich«, sage ich zu ihm. »In meiner Branche kann ich mir keinen Bart leisten.«

Die Schwarzen nicken, den größeren kribbelt es, er rückt seine Eier zurecht.

Joe strahlt übers ganze Gesicht. »Das da unten ist Fußpilz«, sagt er zu dem Kribbligen und wackelt mit den Zehen. »Raucherbeine nehmen auch wieder zu. Der letzte König von England hatte welche, trotz seines Geldes und der Briefmarken. Zu viel auf Paraden gestanden.« Die Schwarzen sind aufgestanden, um zu gehen, setzen sich aber wieder. »Sitzen ist auch nicht gut. Die meisten Männer eures Alters kollabieren im Sitzen.« Die Schwarzen stehen wieder auf. »Treibt ja keinen Sport, wenn ihrs vermeiden könnt«, ruft Joe ihnen nach, während sie vom Dampf verschluckt werden. »Gary Cooper, jeden Tag Golf, ist kaum aus dem Sattel gekommen, hat auch nicht viel geholfen, trotz seines Geldes.«

Abgemagert auf vierzig Pfund, armer Coop, als er abtrat, in 'nem verdunkelten Zimmer hinter einer Sonnenbrille, seine Augen schmerzten so. Himmel, die Sonne war doch früher okay. Einmal im Monat sollte man sich die Lunge untersuchen lassen, ach was, die können überhaupt nichts sagen, ehe es zu spät ist. G.B. Shaw hat nie geraucht, und was hat es ihm eingebracht? Mit neunundneunzig erledigt. »Das beste ist Radfahren.« Wir sind jetzt allein im Dampf.

»Wenn du nicht hinter 'nem Lastwagen fährst«, antwortet Joe.

Mein Schmerz ist wieder da, wer sagts denn, pulsiert an der Leber. »Es liegt nicht am Rauchen«, fährt Joe fort und sieht zu, wie Schweißperlen durch seine Poren treten, »sondern am Atmen. Die Leute atmen nicht richtig in der westlichen Zivilisation.«

»Mußt unbedingt nach Indien, um es zu lernen.« Auch ein Trost.

»Ein Hopser in den Ganges«, unterbricht mich Joe, »und die Nase fällt dir ab. Iß ein gegrilltes Hähnchen und Weihnachten bist du tot. Und was die in die Milch tun! Geh bloß an keine Kuh ran ohne Geigerzähler. Wenn du deinen Apfel schälst, gehen die Vitamine flöten, wenn du ihn nicht schälst, wirst du blau vom Arsen. Weißt du, warum Apfelsinen so gelb sind? Mensch, die schminken ja sogar die Gurken.«

»Na, vielen Dank.«

»Die schlimmste Neuigkeit im letzten Jahr war das mit den Cornflakes.« Joe kennt kein Erbarmen. »Hab auf Cornflakes geschworen. Sinatra soll zwei Schüsseln voll vor jedem Fick essen. Und jetzt soll es die reine Scheiße sein. Apropos Scheiße. Seit Burt Blavatski tot ist, habe ich nicht mehr richtig geschissen. Wenn man richtig scheißt, braucht man sich nicht den Arsch zu wischen.«

»Mußt unbedingt nach Indien, um es zu lernen.«

»Einen Blick auf den Tadsch Mahal«, macht Joe weiter, »und du wirst blind von Bilharziose. Hab auf Östrogen geschworen, da du gerade vom Ficken sprichst«, seine Sprünge sind jetzt wirklich schnell. »Kriegt man fette Titten von, wenn man nicht aufpaßt. Burt mußte 'nen BH tragen.«

»Dieses Schweizer Genie«, kontere ich, »spritzt einem Ziegenhoden oder so was, intravenös, um einen ewig jung zu halten.«

»Tja«, stimmt Joe zu, dankbar nickend. »Einer der Päpste bekam welche. Hat nicht viel geholfen, trotz seines Geldes, zum Schluß sah er aus wie eine Mumie und krepierte am Schluckauf.«

Himmel, Schluckauf war doch früher okay. Wenn es ganz schlimm wurde, machte Alice plötzlich Buh! und er hörte auf. Oder ich brachte zwei Zeigefinger langsam vor meiner Nasenspitze zusammen. Niemand ist in der guten alten Zeit am Schluckauf gestorben. Ach ja, die gute alte Zeit. Das ist das erste Mal, im heißen Dampf des Hebräischen Vereins Junger Männer, daß ich sage: Ach ja, die gute alte Zeit. Nur alte Leute sagen: Ach ja, die gute alte Zeit, und meine Mutter Bella hat mir, als ich fünf Jahre alt war, versprochen, daß ich niemals alt werde. Hab keine Angst, mein Engel, sagte sie, während sie mir den Arsch wischte, wenn du ein braver kleiner Junge bist, wirst du immer der brave kleine Junge sein, der du jetzt bist. Ich habe das ernst genommen. Bella hatte immer recht, sie war nicht bloß meine Mutter, aber mein Schmerz rührt sich, und ich atme heftig. Joe legt seine Hand auf meinen Bauch, damit ich dagegen atme. »Apropos atmen«, sagt er, »ich hab auf Tai Chi geschworen, alles, was es mir eingebracht hat, war ein ausgerenkter Wirbel, von multiplem Orgasmus keine Spur. Man weiß nie, wann es einen trifft.«

Er massiert meinen Bauch, es hilft, und mir fällt LBJ ein, der mächtige Mann mit all seinem Geld, Erinnerung an ein Foto, das ihn auf seiner Ranch zeigt, frische Luft im Überfluß, herrliche Bräune, die Präsidentschaftspannen waren Vergangenheit, er zog sein Hemd hoch, um der Presse die Narbe auf seinem Bauch zu zeigen, Gallenblase rausgenommen, Operation geglückt, wie immer, er kann so viele Schweinerippchen essen wie er will, gebackene Kartoffeln mit saurer Sahne, nur daß er auch tot ist und weg.

»Geld hilft auch nicht.«

»Nichts hilft, Arthur«, sagt Joe.

Rockefeller hats auch erwischt, bäuchlings auf irgendeiner flotten Assistentin, und Chaplins Leiche ist geklaut worden, aber habe ich nicht irgendwo gelesen, daß dieser chinesische Exilant kurz davor ist, den Krebscode zu knacken? Eines Tages werden wir alle ewig leben, na schön, vielleicht nicht ewig, aber wenigstens bis hundertfünfzig, Millionen von Tapergreisen werden um das Wasserreservoir im Central Park joggen, ich und Joe an der Spitze in unseren rot-weiß-blauen Trainingsanzügen. In Cornell arbeitet man an Penis-Transplantaten, ein glücklicher Gedanke am Ende eines perfekten Tages. »Ein Mann müßte zwei Paar Genitalien haben«, sagte Joe einmal auf dem Männerklo am Taconic Parkway. »Sein eigenes und ein gutes.«

Wir duschen kalt, bevor wir gehen. Wenn man die Poren nicht schließt, bevor man an die Luft geht, sagt Joe, holt man sich eine Lungenentzündung. Die Garderobe ist leer, bis auf ein Paar stinkende Turnschuhe. »Bis später«, sagt Joe draußen. Er fühlt sich gut, er hat mir seine Trübsal abgetreten, ich trage sie nach Hause, drei Straßenzüge weiter, und auf der Third Avenue, einer kahlen Straße, seit man die Hochbahn gekappt hat, regnet es Ruß.

V

Vor unserem Schlafzimmerfenster erhebt sich die große Eiche, gestikuliert mit ihren Zweigen in der Brise, zweihundert Jahre alt, schon wieder ein tröstlicher Gedanke. Der Junge hockt in seinem Baumhaus, liest Marcuse, er war immer ein Spätzünder. Die Hintergärten in unserem Block sind mit goldenem Licht aus den Fenstern gesprenkelt. Es ist die Stunde des Leerlaufs. Die Männer sind daheim, haben die Schuhe abgestreift, die Frauen mixen Drinks, Eiswürfel klirren, die Kinder lagern auf dem Spannteppich, grüngesichtig von der Glotze, versunken in ein Feuergefecht. Klirr klirr, peng peng, und hier ist eine Nachricht vom Leichenschauhaus nebenan: Früh sterben hält jung. Um 18.30 Uhr beginnt die Irre in der 94. Straße mit ihrem allabendlichen Anfall, ein milchiger Geist, der von Fenster zu Fenster huscht und schreit: »Warum hilft mir niemand?« Ihr Bruder versucht, sie zu besänftigen, schlurft hinter ihr her von Zimmer zu Zimmer und repetiert in seiner Anwaltsstimme: »Marylin, Marylin, nächtliche Ruhestörung ist strafbar, halts Maul!« Das berühmte Malerehepaar, er mit seinem schwarzen Gekritzel, das wie Lava ausbricht, sie eine Meisterin von rosa und blauen Tönen, hat das Licht im Schlafzimmer gelöscht, um über die Scheidung zu reden, deshalb fällt ein Schatten auf das Baumhaus, der Junge richtet seine Taschenlampe auf Marcuse. Mit uns zugewandtem Gesicht sitzt Dr. Haas' frische Witwe in ihrem Garten, bis zu den Knien in Efeu, umgeben von einer Garde von Gartenzwergen, seine schwarze Alpakajacke über den Schultern, blind gegen den feinen Ruß, der auf sie niederregnet, eine Gießkanne an ihrer Seite. Was hat es für einen Sinn, die Tulpen zu gießen, jetzt da Erwin hinüber ist? Sie scheint darauf zu warten, im Ruß begraben zu werden. Ich lege mich auf unser Bett, neben den Smoking, den Alice fürsorglich ausgebreitet hat. Sie hat sogar die Manschetten mit Knöpfen durchbohrt. Da liegen wir, ich und der Smoking, während Alice eine kleine Modenschau veranstaltet. Sie steht vor dem Spiegel, im Profil, mit gespreizten Beinen, in einem Silberlaméanzug, ein *Vogue*-Vampir. Ihre Wimpern sind so lang, daß sie kaum noch blinzeln kann.

»Wie sehe ich aus, Arthur?«

»Zieh das Dekolletierte an.« Ich rede wie ein Loddel, mein Schmerz ist ein harter Klumpen. »Jay Jay liebt große Titten.«

Sie knöpft die Silberjacke auf. »Sind auch nicht mehr, was sie mal waren.« Stimmt, die linke hängt ein bißchen.

»Es sind deine einzigen, mein Schatz.«

»Wie recht du hast.« Egal was sie sagt, sie klingt immer, als habe sie gerade eine Entdeckung gemacht. Sie zieht sich aus, ihr Hintern ist ein wenig gewellt, auch nicht mehr, was er mal war. »Ziehst du dich nicht an, Liebling?«

»Ich hab so ein komisches Gefühl in der Seite.«

»Schon wieder?« fragt sie, sehr interessiert. »In welcher Seite?«

»Was macht das für 'nen Unterschied?«

»Na aber, Arthur, entweder ist es die rechte Seite …«

»Oder die linke.«

Ihr Kopf ist in glänzendem metallgrauem Chiffon verschwunden. »Du mußt was Falsches gegessen haben«, sagt sie halberstickt.

Ich setze mich auf und stütze mich auf die Ellenbogen. »Ich sag dir, was ich heute gegessen habe. Zwei Aspirin, einen Schuß Fernet Branca, sechs Multibionta mit Alka Seltzer, ein Ritalin, einen trockenen Toast, ein Enterovioform, eine Rolle Tums und eine Avocado.«

»Dann wars die Avocado.« Noch eine Entdeckung! Ihr Gesicht taucht wieder auf, eine Wimper hängt ihr am Nasenrücken.

Streiten hilft immer, lehrt Dr. Bamberg, also lasse ich mich gehen. »Was hast du gegen Avocados?« Als wären Avocados eine verfolgte Minderheit.

»Soll ich Jay Jay anrufen und sagen, daß du krank bist?«

»Du spinnst wohl!« Ich stehe auf und rede mit ihr, als sei sie eine zurückgebliebene Sechsjährige. »Ich versuche, Jay Jay eine neue Versicherung anzudrehen. Er ist mein größter Fisch, denk daran.« Nichts gegen gelegentliche Informationen, um den Leser im Bilde zu halten. »Er hat deine Tiefkühltruhe bezahlt. Er hat alle deine Urschreie bezahlt. Er hat die Zähne deiner Mutter bezahlt. Er haßt Kranke, also halts Maul, oder wir müssen die Zähne deiner Mutter zurückgeben.«

»Na, er kann sie ihr doch nicht aus dem Mund reißen, oder?«

»O doch, kann er!«

Ihre eigenen Zähne hat sie in ihrer Neuen Sensualitätsphase mit Jacketkronen versehen lassen, die verführerischen Lücken sind verschwunden. Auch sie könnte sich jetzt um die Präsidentschaft bewerben. Wenn sie lächelt, lächelt die ganze Welt, wie es in dem alten Song heißt. Was Jay Jay angeht, kriegt der alles fertig, zum Beispiel nach Little Neck zu Alices Mutter zu fahren, ihren faltigen Mund aufzubrechen, die Scheißzähne rauszureißen und sie mitzunehmen nach Beverly Hills. Hat er nicht auch die Mafia angeheuert, um Shirley Temples Schwangerschaft abzubrechen, obwohl sie nur eingebildet war im Alter von acht?

Aber Alice will keinen Streit. »Wie sehe ich aus?« Sie strahlt, eine Schauspielerin beim Vorsprechen.

»Beug dich ein wenig vor.« Das tut sie, ihre Brustwarzen gucken vor. »Bleib so die ganze Nacht.« Den Witz hat sie verstanden, wer sagts denn, und wankt umher wie der Erste Weibliche Glöckner von Notre Dame.

Schmerz macht einen bösartig, zum son of a bitch, streiten hat nicht geholfen, sie hat nicht zurückgestritten, also war es gar kein Streit.

»Und jetzt«, verkündet sie engelgleich die frohe Botschaft, »werde ich mir mein Gesicht anlegen.« Und macht einen Shimmy ins Badezimmer, ihre Arschbacken wackeln hin und her, als kauten sie Kaugummi.

»Tut mir leid, mein Schatz«, rufe ich. Was ich an mir verachte, ist nicht so sehr meine Bösartigkeit, als vielmehr dieses nixonhafte Entschuldigen. »Tut mir leid, Leute, wenn ich einen Fehler gemacht habe. Ich bin auch nur ein Mensch, wenn ich Hanoi zerbombe.« Und was ist ein Mensch? Diesen Monat bin ich drei Maßstriche unter 'nem Menschen geblieben. Hab Diane nicht ein einziges Mal angerufen, seit man sie wieder ausgepumpt hat. Habe Willy Callaghan nicht im Doctors Hospital besucht. Habe mit dem Jungen nicht über Foucault gesprochen. »Eine Besserung«, würde Harold Bamberg, der Modifizierte Reichianer, sagen. »Das Dumme an dir ist«, würde er sagen,

»daß du 'n lieber Kerl bist, weil du willst, daß alle anderen auch lieb zu dir sind, ein christlicher Trugschluß. Versuch, ein son of a bitch zu sein, Arthur, und du wirst ewig leben, wenn du das willst.« Bei einer Marathonsession an einem Swimming-Pool in New Jersey planschten fünfundzwanzig seiner Lieblingsbekloppten im Wasser herum und versuchten, mich zu provozieren, Harold zu vertrimmen, nichts zu machen, ich hielt die andere Wange hin, Christus persönlich. Zum Schluß des Encounters, nach vierundzwanzig Stunden Rotz- und Wasserschwitzens, küßte ich ihn sogar. Aber heute abend macht mich mein Klumpen so böse, daß ich die goldenen Manschettenknöpfe in Alices welligen Arsch rammen könnte.

Jetzt ist der Junge reingekommen, mit dem Hund und einer Tasse Kamillentee. Der Hund läßt sich mit einem Seufzer erschöpft niederplumpsen, seine Augen weichen nicht von mir. Der Junge ist mit seinem Paperback-Marcuse ans Fenster gegangen, steht dort steif wie ein Ladestock, auch er beobachtet mich mit Hundeaugen. Dieser Junge, wir haben ihn immer »The Kid« genannt, offiziell Percy Bysshe dank Alices Englischer Lyrikphase. Wir haben es mit Perc oder Bys versucht, nichts zu machen, er hört einfach nicht drauf, eines Abends zeigte man zu später Stunde »The Kid« im Fernsehen, und er saß da in seinem Schlafanzug, ungefähr dreieinhalb Jahre alt, und sagte entschlossen: Das bin ich, »The Kid«. Ich bin mit ihm wie durch eine Nabelschnur verbunden, meine Liebe für ihn sitzt in meinem Nabel, vor zwei Jahren, als sein Blinddarm durchbrach, bekam auch ich hohes Fieber. Vor ein paar Jahren hat er zu Weihnachten das Lächeln aufgegeben, und er sieht uns mit seinen Hundeaugen an, als sehe er uns jeden Tag zum ersten Mal. »Was ist los mit dem Jungen, Harold, er geht umher wie Buster Keaton, die Jungs in der Schule rufen ihn Ole Pokerface.« Und Harold antwortete: »Er lernt, dich zu hassen.« Na, herzlichen Dank! Da habe ich mit der Therapie aufgehört, d. h. mit acht Jahren sich im Kreise drehen, die alte Nadel blieb immer in derselben alten Scheißrille.

»Die Chinesen haben ihre Krankheiten ausgerottet, indem sie die Fliegen töteten«, sagt der Junge, um mich zu trösten. Eine Fliege hat sich auf der Fensterscheibe niedergelassen. Der Junge macht wumm! mit Marcuse. »Die hätten wir!«

Die Fliege fliegt summend los. »Daneben«, sage ich.

»Ich versuchs mit dem Börsenteil«, sagt der Junge, eine vage marxistische Anspielung. Er fleddert in meiner *Times* herum, rollt die reaktionäre Beilage zusammen, macht wieder wumm! daneben. »Müßten viel träger sein um diese Jahreszeit.« Die Fliege zickzackt durchs

Zimmer, vorbei am Hund, der müde nach ihr schnappt und sie verfehlt, sie setzt sich auf den Kamin, neben das Lässigste Hochzeitsfoto, das je geknipst wurde, Alice im Bikini, ich in einem mexikanischen Hemd, der Friedensrichter von Malibu in Bermuda Shorts, seine Frau als Trauzeugin eine Rumflasche schwingend, ein Hund hebt das Bein über einer Sandburg.

»Du mußt dich von hinten anschleichen«, sage ich und spiele den Allwissenden Fliegenexperten-Daddy. Ich bin nie mit dem Jungen zum Angeln gegangen, habe ihn immer im Stich gelassen. Am Vater-und-Sohn-Tag in der Schule, als wir nach den Ansprachen Baseball spielten, hab ichs nicht mal ans erste Mal geschafft. »Fliegen können seitwärts sehen.« Ich habe nie die drei Niggerjungs gefangen, die den Jungen zweimal die Woche überfielen, wenn er aus der Schule kam, ich bin nie mit ihm ins Disneyland gegangen, wie ichs versprochen hatte, wie kommt es, daß Harold Bamberg mich einen lieben Kerl nennt?

Ich rolle den Anzeigenteil zusammen. Wir schleichen uns von hinten an den Brummer. »Sind Fliegen nicht gut für irgendwas?« frage ich, der Ewige Liberale.

»Nein«, sagt der Junge.

Die Fliege läßt sich auf der weißgetünchten Wand über dem Ehebett nieder. Der Junge macht einen Satz, wumm! »Getroffen!«

Auf der Wand ein roter, sich windender Fleck.

»Die haben mehr Blut, als man denkt«, sage ich. »Kratz es ab, bevor deine Mutter es sieht.«

Er nimmt ein Kleenex, wischt, macht es schlimmer, der Fleck sieht jetzt aus wie eine sickernde Wunde. »Wir könnten ein richtiges Programm für den Sommer draus machen«, fährt der Junge fort. »Es gibt noch Termiten und Küchenschaben. Die Chinesen haben Hungersnöte abgeschafft, indem sie die Vögel, die das Getreide vernichteten, ausmerzten. Abschießen wäre zu teuer geworden, nicht genug Munition, da machten sie einen Riesenlärm. Chinesische Vögel können sich nämlich nicht niederlassen, wenn sie Lärm hören, also flogen sie den ganzen Tag umher und fielen schließlich vor Erschöpfung vom Himmel. Als der große Lärm zu Ende war, gingen die Menschen über einen Teppich kleiner Leiber nach Hause.« Wir setzen uns auf das Bett und sprechen miteinander, wie wir noch nie gesprochen haben. »Wenn ihnen die Chemikalien ausgehen, düngen sie die Felder mit ihrer eigenen Scheiße. Ein Junge mit Durchfall wurde zum Helden des Volkes ernannt. Ich möchte wirklich mal hin eines Tages.« Er zeigt mir das blutige Kleenex. »Wieder ein Schlag näher zum Sozialismus.« Jetzt können wir in Ruhe schlafen, denke ich. Im Jahre 49, als ich mit einem Mädchen vom Barnard College im Bett lag, dichteten wir eine Ode an Stalin. Das genügte ihr als Vorspiel.

VI

Amandas Penthouse sprüht schon Funken, wenn man nur auf die Klingel drückt. Das mag an der Elektrostatik liegen oder an Amanda Diddle, née Gluck, selbst. Sie ist mit Sinnlichkeit geladen, mit alter und neuer, die einzige Frau, von der man weiß, daß sie mit Praecox gesegnet ist. Wir haben es zum erstenmal in der Mojave-Wüste miteinander getrieben, bei Mondschein versteht sich. Nach dem ersten Angriff auf ihr Ohrläppchen prickelte ein unsichtbarer Funke auf meinen Lippen, und sie entlud sich, ein gar nicht so ruhender Vulkan. Mit Amanda zu schlafen, war wie den Oskar zu bekommen, jedesmal. Wir trieben es auch im Penthouse miteinander, dreißig Stockwerke über dem Central Park South. Ich hatte kaum meine Schuhe ausgezogen – und der Anblick meiner Socken ist nicht gerade das, was man ein Aphrodisiakum nennen würde –, als sie zu stöhnen begann und ihr Rücken sich steifte. »Ich habe einen niedrigen Siedepunkt«, entschuldigte sie sich. Das war V. S., Vor meinen Schmerzen, in der guten alten Zeit, als Sex noch gefragt war und nicht der Macho-Mist von heute, wo Sister Betsy ständig ausgerechnet Clifford Odets zitiert: »Was ist so toll am Bett?« oder etwas in der Richtung. Ach ja, die gute alte Zeit, als noch niemand wagte, zur Hauptsendezeit im Fernsehen »Scheiße« zu sagen und die Homos noch keine Schwulen waren.

Da ist sie, Amanda, Jay Jays saftiges Töchterlein, sie öffnet die Tür selbst. Sie braucht kein Dekolleté zu tragen, ihre Brüste sitzen so hoch, daß sie ihr Kinn zu stützen scheinen. Richtig, ihr Hals, der zwischen ihren breiten Schultern ruht, ist zu kurz, aber ihr Gesicht hat, mit ihren zweiundvierzig, alabasterfarbenen Teint und dazwischen die berühmte mutwillige Nase. Die Nasenflügel beben ständig, als habe sie gerade eine Zote gehört.

»Komm rein, mein Schatz«, sagt sie zu Alice und macht ein Hohlkreuz, um uns vorbeizulassen. Sie taxiert Alice mit verheerender Freundlichkeit, begreift den Neuen Blondchen-Dumm-Look als das, was er ist, ihre Nasenflügel beben, ihre belustigten Augen scheinen zu sagen, versuchs mal mit einem Vibrator, Schätzchen. Sie haucht ein Küßchen in die dünne Luft neben Alices Wange und übergibt sie dem schwarzen Butler, der sie aus dem Pelz schält.

»Der Topf ist am Kochen!« sagt sie zu mir und meint damit die neueste Police, die ich ihrem Vater zu verkaufen versuche. Amanda weiß alles, ihr Geheimdienst ist viel tüchtiger als der CIA. Sie legt ihre heiße kleine Handfläche auf meinen Bauch, ein paar Funken treffen mich, auch sie weiß von meinen Schmerzen. »Ich habe *den* Arzt für dich«, flüstert sie und zieht ihre Nase kraus. In Amandas Welt ist alles wohlgeordnet, sie hat immer die richtigen Leute für den richtigen Job. In ihrer Welt stirbt niemand, kommt höchstens mal einer zu Tode, wie ihr Mann, der vergaß, seine Dunhill-English-Market-Nr.-2-Zigarre vorm Einschlafen auszudrücken, oder wie ihr Sohn, den man, von einem Bambusrohr gepfählt, bei Danang fand.

Das einzige, was Amanda aus der Fassung bringt, ist eine Autofahrt durch Harlem zu ihrer Sommerresidenz in den Berkshires. Dort haben wir es auch getrieben, sie legte ihr Gesicht in meinen Schoß und wartete, bis die abgewrackten Penner in der Lenox Avenue an der nächsten roten Ampel am Wagen rütteln würden. Wenn wir dann auf den Henry Hudson stießen, lächelte sie selig, ihre Nasenflügel bebten, und sie wischte ihren Mund mit einem Gucci-Taschentuch.

Jetzt nimmt sie Alice am Handgelenk, als fühle sie ihr den Puls, und sie trippeln die mit Chagalls bestückte Eingangshalle entlang. Als wir die halboffene Tür eines Gästezimmers passieren, sehe ich Jay Jay in seinem Rollstuhl, eine Kindfrau kniet vor ihm und macht, na was schon, für seinen Kreislauf. Bevor ich sie lautstark begrüßen kann, schüttelt Amanda den Kopf. Nicht jetzt, mein Schatz, und führt uns in das Studio.

Dort sitzt ein Dutzend oder mehr sterbender Berühmtheiten, von Amanda sorgfältig arrangiert, trinkend und plaudernd in einem Bienenstockgesumme, das abbricht, als wir eintreten, sie sehen auf, Zähne blitzen im Dämmerlicht, das Summen setzt wieder ein. Aus meinem Winkel, aus der Totalen sozusagen, sehen die Männer aus wie ihre eigenen Teeny-Sprößlinge, mit Jeans, Cowboy-Stiefeln, mexikanischen Blusen, Gurugewändern, bestickten T-Shirts, Halsketten mit Anhängern, die letzte Seniorentournee von »Hair«. Der Schlag trifft einen erst, Schatten von Dorian Gray, wenn man diesen Gesichtern unter ihren Beatle-Pilzköpfen oder mit ihren Elvis-Schmalztollen gegenübersteht; diese zerknitterten Ponim, wie gebräunt, massiert oder geliftet auch immer, gehören auf die Veranda eines Altersheims. Die Frauen, wohlgefällig in ihrer vergleichsweisen Jugendlichkeit, scheinen der Zeit zu harren, da sie sich von Lolita zu Florence Nightingale verwandeln, nicht mehr lange und sie werden ihre gebrechlichen Ehegesponse ins Lenox Hill Hospital rollen oder weiter westlich zum Forest Lawn. Werdende Witwen, die ganze Schar. Sie tragen alle Dekolletés, stellen Brüste aus, wie Kellner in einem türkischen Restaurant rosa Fleisch auf makellosen Metalltabletts präsentieren, bevor man sein Schischkebab bestellt.

Die eine Ausnahme bildet das ehrenwerte Trio auf einer Ledercouch: Lord Beauchamp, Amandas schwuler Lieblingsfotograf, rosa vom Portwein und einem kürzlich erlittenen Schlaganfall, eingeklemmt zwischen die Schwestern Gish. Seine Lordschaft tragen einen ehrenwerten Henry-Poole-Anzug, Erntejahr 38. Er sabbert ein bißchen, als er eins seiner bejahrten Wortspiele zum besten gibt. »Britannien schlägt noch immer Wellen«, näselt er laut, nur Juden und Nigger müssen ihre Stimmen dämpfen, »und wenn auch nur dank Vidal Sassoon.« Die Schwestern Gish, jedermanns Traumomis in ihrem weißen Kabuki-Make-up, geben vor, das Bonmot zu genießen, obwohl sie sich mitleidige Blicke zuwerfen. »Ach Willie, dein Wildescher Witz«, schwärmt Lilian, um den alten Haudegen aufzuheitern. Willies Erfolg in den Staaten ist hauptsächlich auf seine große rauhe Zunge zurückzuführen, fragt die Ballettknaben im Lincoln Center, und auf seine unverhüllte Verachtung für US-Vulgaritäten, ein Leckerbissen für unsere Masochisten. Egal wie reich oder berühmt man ist, bei ihm kommt man sich vor, als beherrsche man die Grammatik nicht oder als laufe man mit offenem Hosenstall herum. Als er mich sieht, sieht er durch mich hindurch und streckt eine zittrige Hand aus. Seine Fischaugen sagen Igitt, als habe mich die Katze reingeschleppt. Es ist ohne Zweifel meine rosafarbene Krawatte, die seine unverhüllte Verachtung provoziert, aber zum Teufel, auch er ist, dank Amanda, ein Kunde, wie alle anderen. Ich habe ihre Krankenberichte gelesen, ein euphemistischer Ausdruck für Todesurteile. Niemand wird das Jahrzehnt überleben. »Eine wunderschöne Krawatte«, sagt er, aber erst, als Amanda ihm einen Wink gegeben hat.

Amanda inszeniert ihre Parties mit einem Modifizierten Hitchcock-Touch, seichter Spannung des romantischen oder finanziellen Genres. Die französischen Fenster, die sich zur Terrasse hin öffnen, wo drei weitere Schwarze geräuschlos das Buffet herrichten, werden für Überraschungsauftritte und -abgänge benutzt. Die Musik setzt immer aufs Stichwort ein, diesmal intoniert von der ewig traurigen Sylvia Mange, die eine Ballade auf dem weißen Steinway komponiert. Die Prämisse dieser Parties ist immer die gleiche: er (oder sie) hat ein Problem, und wir sind hier, um ihm (oder ihr) zu helfen, aber erst nach drei Runden Drinks wird der Held (oder die Heldin) enthüllt, der (oder die) sich plötzlich, wenn der Bienenstock aufgehört hat zu summen, im Brennpunkt befindet.

Also, jetzt hört es auf, und das Licht wird dunkler, als Amanda mit einem Glas Milch für mich in der Diagonalen das Zimmer durchquert, ganz wie Cary-Grübchen-Grant, der in die oberen Gemächer steigt, um Joan Fontaine zu vergiften. Ja, mein Lieber, die Milch leuchtet weiß im Dämmerlicht. Alle sehen mich mit mitleidigem Lächeln an, als ich einen Schluck nehme. Amanda muß jedem einzelnen von ihnen erzählt haben: »Kein Sterbenswort zu irgend jemandem, aber Arthur geht es nicht gut, wir müssen ihm helfen!« Dies ist das erste Mal, daß sie mir die Hauptrolle zugedacht hat. Das Summen stirbt ab. Sylvia improvisiert neue traurige Worte zu »Slow Boat to China«, ich nehme noch einen Schluck, eingebettet in Mitgefühl. Da ist Harold Bamberg in einem Seersuckerjackett über grünen Armeehosen, ein arger Fehler, klopft die Pfeife an einem abgezehrten Giacometti aus. Und Dr. Salmon, genau *der* Arzt für mich, befreit mit einem krächzenden Geräusch seinen Sinus vom Schleim. Seine sephardischen Luchsaugen sehen mich mit Know-how an, er sollte nicht dieses Baskenhemd tragen, sieht aus wie schwanger darin. Und da ist Joe Spritz, als Schamane verkleidet, und stiehlt Davey Mange, der sein Haar gefärbt hat, die Schau. Dazu Gloria Gibbo, eine von Amandas mehreren Stiefmüttern, in einem Hut mit weißem Rand, eine englische Rose inmitten von Kolonialkäuzen. Alle sehen mich an, als sei es das letzte Mal, lautlos, außer Alice, die blöde sagt: »Es ist so still.«

»Ja, Liebling, das ist es«, sagt Amanda. »Kommt und eßt etwas.« Sie weiß, wie man einen Höhepunkt aufbaut, der Auftritt des Schurken ist geschickt verzögert. Auf der Terrasse, wo nur Gott oder ein Hubschrauber uns sehen könnte, lassen die schweigsamen Schwarzen Essen auf unsere Teller fallen. Ich verstecke meinen hinter einem Lorbeerbaum und trete aus der Bildmitte zu Joe und Davey. Sie führen das, was man eine Angeregte Konversation nennen könnte. Davey, ein Perfektionist, obwohl seine Hosen so kurz sind, als trete er in einem Gene-Kelly-Musical auf, probiert eine neue Nummer an Joe aus, der ihn nie leiden konnte, ihn Moskowitz nennt und ihm die Nummer verpatzt, indem er die Pointe vorwegnimmt. Davey fängt nochmal ganz von vorne an, er benutzt Amandas Parties immer, um an seinen neuen Nummern zu feilen, diese hier besteht aus einer urkomischen Parodie auf Dalí mit spanischem Kauderwelsch. Plötzlich erblickt er meine Milch und bricht besorgt seine Nummer ab: »Alles in Ordnung, Arthur?«

Inzwischen hat Amanda die Szene neu arrangiert. Ein Picknick im Freien. Behutsam Teller und Gläser balancierend, hat sich jeder irgendwo auf dem Rasen niedergelassen. Ältliche Gelenke knarren und krachen unter dem Lorbeer, den Palmen, den fleischfressenden Pflanzen, entworfen von einem gewissen Bruno, einem brasilianischen Pflanzendesigner. Da hocken wir doch tatsächlich alle außer den Schwarzen, die sich in die Kulissen verkrümelt haben, auf dem Boden, als Jay Jay seinen Auftritt macht. Er wird hereingerollt von der Kindfrau, wie General Patton bei der Inspektion seiner Veteranen.

»Geld ist nicht alles, wenn man gesund ist, aber wenn man pleite ist, fühlt man sich nicht so gut.« Jay Jay liebt klassische Eröffnungen, auch wenn sie aus zweiter Hand sind. Die meisten seiner Küchenweisheiten hat er von seiner ersten Frau Sarah, einer gewaltigen Näherin, die Jay Jay in seiner Chicagoer Zeit aushielt, bevor er das Baßgeigespielen aufgab und die Musiker organisierte, mit ein wenig Beistand von der Mafia. Dann kamen die Puffs dran, dann die chinesischen Wäschereien und dann, als er nach Westen zog, die damals letzte Manie, Kintopp genannt. »Seid ihr auch alle gesund, Kinder?« fragt er und rollt über den Rasen.

»Ja, Jay Jay«, antworten wir im Chor.

»Lauter!«

»Ja, Jay Jay!«

Er ist geschrumpft, seit ich ihn das letzte Mal gesehen habe, muß zweiundachtzig sein jetzt, ein roher Truthahn, langer Schrumpelhals und Knopfaugen, aber die Stimme ist die eines Jahrmarktschreiers geblieben. Er ist der letzte Tycoon, ein jüdischer Lear, sein Königreich vom TV zerschmettert, und die verdammte Regierung hat die Filmstudios von den Kinos getrennt, von den Kommis gar nicht zu reden, die partout nicht dahin zurückgehen wollen, von wo sie gekommen sind, in die Bronx oder nach Omsk, trotz des Schwitzkastens von seinem Kumpel Joe McCarthy. Er empfindet die Kommis als persönliche Beleidigung, einen von ihnen, Lester Cole, den er wie seinen eigenen Sohn liebte, konnte er weder bestechen noch bekehren, und was den Rest betrifft, tragen sie alle Bärte und Bomben und könnten seine Schwester Edith vergewaltigen, eine höchst unwahrscheinliche Befürchtung, wenn man Edith kennt. Also auf der ganzen Linie Beschiß. Da gehört ihm eben der halbe Pico Boulevard und fünfundsechzig Rennpferde, da schuldet Nixon ihm eben noch ein paar Gefallen, da ist er eben katholisch geworden, und die kleinen Laufmädchen im Studio wollen nicht mehr mit seinem Riesenschwanz spielen. Das alte Studio kommt ihm vor wie Kuba nach dem Rausschmiß der Gangster, und die Zensoren aus dem Hays-Büro, das er mit ins Leben gerufen hat, können nette englische Schauspielerinnen nicht länger davon abhalten, auf der Leinwand »ficken« zu sagen.

»Die Kranken haben mir das Geschäft ruiniert«, sagt er. »In der guten alten Zeit, der Zeit der großen Stars, hab ich den kleinen Thalberg für mich arbeiten lassen«, sagt er zu der Kindfrau, »bis er anfing, über Kopfschmerzen zu klagen, da hab ich ihn rausgeschmissen. Hatte da noch 'n Trauerkloß namens Huxley ...«

»Julian oder Aldous?« versucht Lord Beauchamp sich in Szene zu setzen.

»Klappe«, sagt Jay Jay. »War halbblind vom Mescalin und den ganzen Tag die Quanten auf dem Schreibtisch. Was machst du da, Huxley, frag ich ihn. Ich denke, sagt er. Ich bezahle dich fürs Schreiben, nicht fürs Denken.«

Wir lachen. Seine Hofnarren haben ihn sein Leben lang mit Witzen gefüttert. Jetzt kotzt er die alten Kamellen aus, als habe er sie erfunden.

»Habt ihr genug zu essen, Kinder?« Er kreist zwischen den brasilianischen Pflanzen hin und her.

»Ja, Jay Jay.«

Er bleibt stehen. »Ist das etwa ein Glas Milch, was ich da vor dir sehe, Arthur?«

In der Stille klirrt ein Messer gegen einen Teller. »Ja, Sir«, antworte ich im Schneidersitz, was meinen Schmerz nicht lindert. Jay Jay rollt sich in der Stille weg, und Amanda kann mir meinen Teller durch den Lorbeer zustecken. »Der Hummer ist heute morgen aus Istanbul oder Nova Scotia eingeflogen«, sagt Jay Jay und macht kehrt, starrt auf meinen Teller. »Bei Hummer kenne ich keinen Spaß. Ich will jeden Teller so sauber wie geleckt, ist das klar?«

»Ja, Jay Jay.«

Alle essen. Eine der Schwestern Gish saugt an einer Hummerschere, als sei sie ein Joint.

»Hatte da noch 'nen anderen Zombie an die Schreibmaschine gefesselt, also fragte ich meinen Assistenten Steve Bullox, wer ist der Affe? – Das ist William Faulkner, Sir. – Schmeiß ihm eine Banane hin, sagte ich.«

Er rollt herum, spricht zu niemandem direkt, aber ich weiß, mit wem er spricht, ich fange an, diesen Scheißhummer auszuweiden, mein Magen steht Kopf. »Sing was«, befiehlt er Sylvia. Mit vollem Mund singt sie ein paar Takte, er unterbricht sie. »Das reicht.« Er rollt zurück zu mir. »Arthur, ißt du auch tüchtig?«

»Ja, Jay Jay.«

»Nicht gerade auffallend tüchtig, was?«

Joe und Davey tauchen sozusagen aus der Schußlinie weg, sie wollen nicht getroffen werden aus Versehen.

»Ich lasse mir Zeit, Jay Jay!«

»Das nenne ich nicht essen, Arthur. Nennst du das essen, Joe?« Joe, hinter einer Palme, schüttelt den Kopf. »Ich nenne das stochern«, sagt Jay Jay.

»Gourmets lassen sich Zeit, Jay Jay.«

Er umkreist mich. »Hast du die Hollandaise?«

»Noch nicht, Jay Jay.«

Er bleibt stehen. »Schöner Gourmet.« Mein Hummerschwanz knackt. Wenn ich aufblicke in diese Stille, vorbei an Jay Jay, kann ich sehen, wie alle aus der Schußlinie gekrochen sind.

»Hitchcock ißt Hummer mit Vinaigrette.« Ohne meinen Schmerz hätte ich nie gewagt, so aufzumüpfen.

»Was versteht dieser englische Fettwanst schon davon?« dröhnt Jay Jay. »Tut ihm Hollandaise auf den Teller, Jungs«, sagt er zu den Schwarzen. »Mehr. Seid nicht so knickrig mit meiner Hollandaise.« Da sitzt nun dieser riesige Klecks auf meinem Teller. »Und jetzt wollen wir zusehen, wie Arthur sein Freßchen verdrückt.«

Sie beobachten, wie ich mir den Mund fülle, und warten, glaube ich, daß ich mich übergebe.

Am Buffet entlangfahrend, stößt Jay Jay mit Gloria Gibho zusammen. Sie ist gerade über den Waldorf-Salat gebeugt, eine Königin auf der Königlichen Gartenschau.

»Wer zum Teufel sind Sie?« knurrt Jay Jay.

»Was soll das heißen, wer ich bin?« Sie behält ruhig Blut. »Ich bin deine Frau.«

»Welche?« Bei Jay Jay weiß man nie, ob er Spaß macht oder einfach senil ist.

»Gloria«, antwortet sie und inspiziert ihn, als sei auch er ein Kürbis. »Erinnerst du dich?«

»Gloria? Gloria? Er starrt auf die Schwarzen und tut, als erinnere er sich.

»Sieh mal, Jay Jay, wir waren acht unvergeßliche Jahre verheiratet.«

»Wann?«

Gloria ist entschlossen, die Szene als Wie-gehe-ich-mit-Senilität-um zu spielen. »Hochzeit in Weiß. Im Monat Mai. In Gott getraut ein oder zwei Meilen von den Spießbürgern von Palm Springs entfernt. Spence und Kathy als Trauzeugen. Du hattest gerade die Rechte an ›Vom Winde verweht‹ versiebt und mich als Star ausgebootet.«

Da lächelt er zum ersten Mal sein Modifiziertes Plastik-Gott-schütze-Amerika-Lächeln. »Gloria! Wie ist es dir ergangen, Liebling?« Lächeln erlischt, er *macht* sich lustig. »Du bist nicht Gloria.«

»Doch, bin ich, kannst du Gift drauf nehmen.«

»Gloria muß inzwischen 'ne alte Schachtel sein.«

Die wackre alte Gloria hat das Olivenöl in der Hand, könnte es ihm über den Kopf gießen, aber nein nein nein, sie wirft ihm einen vernichtenden Blick zu, den sie vom vielen Noel-Coward-Spielen perfekt beherrscht. »Hab mir die Visage liften lassen, Mucki.«

»Sie ist Gloria«, will Amanda mitmischen.

»Das kann jeder sagen«, schnappt Jay Jay. »Kann ich Ihren Führerschein sehen?«

»Am Arsch.«

Dann lachen sie, das Scherzchen wird akzeptiert, die Bosheit aufgelöst, er gibt Gloria einen Klaps auf ihren königlichen Hintern, wirbelt herum, sein Timing ist perfekt. »Durch unseren Arthur hier«, er befindet sich wieder im Herzen des Dramas, »habe ich ein Vermögen in meine Lebensversicherung gesteckt, damit meine Kinder nicht von der Stütze leben müssen, aber wenn ich die Gürtelrose kriege, und was anderes krieg ich ja nicht mit meinen siebenundsiebzig, ruft diese Mistbrut nicht mal an. Stimmt was nicht, Arthur?«

»Nein, Jay Jay. Warum?« Der Hummer steckt mir in der Kehle.

»Von hier aus hört sich das nicht sehr überzeugend an, Arthur.«

»Der köstlichste Hummer meines Lebens.«

»Ach wirklich?«

Stille, ich höre auf zu kauen. Dr. Salmon kommt mir mit einem Nieser zu Hilfe.

»Wer hat da geniest?« fragt Jay Jay jeden einzeln, und niemand wagt zu antworten. Einmal hat er Jerry Lewis gefeuert, weil er Heuschnupfen hatte. »Wenn der Nieser nicht aufsteht wie ein Mann, kriegt niemand Nachtisch.«

Salmon entwirrt seine kurzen Beine und steht auf, niest noch einmal.

»Gesundheit«, bricht Jay Jay die Spannung und strahlt. »Seid ihr alle glücklich?«

»Ja, Jay Jay.«

»Lauter!«

»Ja, Jay Jay.«

»Ihr Grünzeug vergeßt, was ich in meiner Zeit für das Glück getan habe. Als ich anfing in der Branche, in der Zeit der großen Stars, blies dieses Land Trübsal. Im Weißen Haus ein Krüppel, und auf der Leinwand starben die Leute wie die Fliegen, also sagte ich zu meinem guten Freund Sam Goldwyn, dem ich zum Durchbruch im Geschäft verholfen hatte, Sam, sagte ich, das muß aufhören. Zwei Dinge sind Gift für die Kinokasse, die Politik und der Tod.« Er spricht zu allen, aber läßt mich nicht aus den Augen, selbst als er jetzt Alice aufs Korn nimmt. »Was ist mit deinen Titten los heute abend?«

Alice errötet über so viel Aufmerksamkeit. »Gegen Abend«, antwortet sie herabblickend, »schrumpfen sie immer ein bißchen.«

»Du kommst mit geschrumpften Titten auf meine Dinnerparty?« Eine ernsthafte Drohung.

»Wird nicht wieder vorkommen, Jay Jay.«

»Spitze die Brustwarzen, wenn ich mit dir rede!«

»Ja, Sir.«

Soll ich auf die in Aussicht stehende Kommission von einhunderttausend Dollar verzichten, nur weil er meine Frau beleidigt? Das ist nun wirklich ein Dilemma, an wen soll ich mich um Rat wenden? An meine Mutter, an Gott, der tot ist? An Jean-Paul Sartre? Mein Vater würde sagen: »Eine Beleidigung kann man vergessen, Armut nicht.«

»Hast du Wein, Arthur?« Alle seine Drohungen sind gegen mich gerichtet. Testet er mich? Nein, Jay Jay braucht immer seinen Hanswurst, um seine Macht zu demonstrieren. Stalin ließ Chruschtschow einst Kasatschok tanzen, bis er fast tot umfiel. Jay Jay hätte da noch einen draufgegeben und den Teppich unter dem guten alten N. weggezogen.

»Ja, Jay Jay.«

»Dann zeig mal, wie du trinkst.«

Ich trinke. Scheiß Pouilly Fumée, mein Schmerz wütet wie ein Messer. Warum rettet mich Amanda nicht? Statt dessen hat sie ein Licht angeknipst, es blendet mich. Jay Jay, wieder im Mittelpunkt, läßt sich sein Glas mit Vichy-Wasser füllen, der Glückspilz. Keine Frage, der hat seinen Spaß. »Ihr Grünzeug vergeßt, daß ihr es noch nie so gut hattet. In der guten alten Zeit, bevor ich richtig ranklotzte im Geschäft, konnte man keinen Film sehen, ohne daß einer eurer Stars euch vor den Augen krepierte. Ich behaupte noch immer, daß es ein Kommi-Komplott war. Nehmt Lilian Gish«, er toastet ihr zu, »niemand in der Branche konnte sterben wie Miss Gish, wenn sie inmitten von Eisschollen vom Gelbfieber dahingerafft wurde in einem dieser scheißkünstlichen wischi-waschi Ufa-Shots. Oder Mr. Lionel Barrymore, ein echter Gentleman, gab ihm seine erste Rolle, wie der in der Bar in ›Menschen im Hotel‹ sein Leben aushauchte.« Er imitiert einen Seufzer und hält Barrymore-Finger steif in die Luft.

Einige erkennen die Geste und kichern.

»Kein Wunder, daß er im Rollstuhl endete«, fährt Jay Jay fort, erkennt dann den Patzer, versucht sich zu erheben, zuckt mit den Schultern, läßt sich wieder fallen. »Und die Göttliche Garbo.«

Alle machen respektvoll Ooooh. Sylvia Mange, zurück am Steinway, dudelt eine Parodie irgendeiner schmalzigen Filmmusik.

»Konnte diese schwedische Kuh nie leiden«, schnappt Jay Jay, die Musik bricht ab. »Hustete sich die Lunge aus dem Leib in so 'ner französischen Scheiße, die Dingsda-Dame.«

»La Dame aux Camillia«, näselt Lord Beauchamp in absichtlich fehlerhaftem Französisch dazwischen.

»Ich verbitte mir Korrekturen!« Jay Jay klingt jetzt wirklich gehässig. »Ich sagte zu meinem sehr guten Freund L. B. Mayer, L. B., sagte ich, wenn sie schon sterben soll am Ende, und ich sehe nicht ein, wieso, wenn sogar Hoot Gibson quicklebendig in den Sonnenuntergang hineinreiten kann, und was gut ist für Hoot Gibson, das sollte auch gut sein für dieses flachbrüstige Flittchen von den Fjords, aber na schön, dann laß sie wenigstens nicht so viel husten, verdammt nochmal, das ist nicht nett! Ich bitte dich auf Knien, L. B., laß sie nicht husten. Keiner von denen wollte auf mich hören, und wo sind sie jetzt? Und der große Paul Muni, ein großer Amerikaner, obwohl Jude, schrieb sein Meisterstück als Zola, und was haben diese verkackten linken Schreiberlinge aus dem Script gemacht? Ließen diesen beschissenen Gasofen lecken, da ist er mitten im Satz abgekratzt. Du bist blau im Gesicht, Willie.«

Lord Beauchamp zupft an seiner Manschette. »Blutdruck runter auf normal, alter Knabe.«

»Wie normal?«

»Zweihundertzwanzig oder so.«

»Das nennst du normal, Willie?«

»Was nennen Sie normal, Sir?« Dr. Salmon kommt zu Hilfe, pellt gerade eine gebackene Kartoffel.

Jay Jay spricht mit Salmon, sieht aber auf mich, noch eine Drohung. »Bringen Sie ihm den Blutdruck runter, Doc, oder Sie sind unten durch an der Küste.«

»Hm, hm«, Dr. Salmon räuspert sich Kehle und Nase.

»Bist du fertig, Arthur?« Aus heiterem Himmel.

»Ja, Sir.«

»Laß deinen Teller sehen.« Er kommt dicht herangerollt. »Was ist mit dieser Schere?«

»Sauber ausgelutscht.« Ich zeige sie ihm. Er fährt mit einem zittrigen

Finger in die Schere, zieht ihn zurück, beugt ihn, um den Schwarzen ein Zeichen zu geben: sie füllen meinen Teller mit den erlesensten Delikatessen, nur mir kommen sie vor wie Kuhmist.

Ach, diese häßlichen Gedanken, ich hatte mal hübsche Gedanken, besonders in Kalifornien, nur rosarote Gedanken, nicht eine einzige exkrementale Metapher auf dem Mulholland Drive, von wo aus die Welt unten wie eine lebendige Postkarte aussah, ich fand sogar meine Mutter hübsch, sans Zähne, Mutter, du siehst aus wie eine Dürer-Mutter, sagte ich, und wer ist Dürer? fragte sie, ihre Dummheit nannte ich Bauernschläue, und wenn ich Scheiße sagte, war es nur ein männliches Füllwort, keine stinkende braune Wurst, die jetzt auf meinem Teller liegt, verkleidet als Filet mignon.

Was hat Jay Jay vor, will er mich umbringen? Als die schlechten Zeiten begannen, in den guten alten schlechten Tagen, und nicht mal Lassie die Kasse zum Klingeln brachte, zitierte Jay Jay uns zu seinem Swimming-Pool in Bel Air: Bernie, den Ex-Rausschmeißer, der die Gewerkschaften fest unter dem Daumen hatte, Lou, den jugendlich-genialen Steuerhinterzieher, und Ken, den Verkrebsten Zaubercutter, der alle diese scheißkünstlichen Ufa-Shots rausschnitt, damit die Witze und Morde schnell und witzig aufeinanderfolgten, wir alle schmolzen in der Sonne und klebten vor Angst, ob unsere Verträge verlängert würden. Wenn Sie Gott wären oder das FBI, hätten Sie unsere Tumore wachsen hören können wie Gras im Hinterhof. Ich war damals Cheflektor vom Story Department, hatte einen Schnauzer, aber keine Stories, die es wert waren, verkauft zu werden, außer dem Epos über den Hund von Lincolns Arzt, das sich auf die computerisierte Prämisse gründete, daß jeder Streifen, der entweder Lincoln oder einen Arzt oder einen Hund, am besten aber alle drei zusammen, das ist der Kniff, in der Hauptrolle hat, unsere Kleinen von der Idiotenkiste reißen würde. Jungs, wir sitzen in der Patsche, sagte Jay Jay, im Pool treibend zwischen Wasserlilien, wir sitzen in der Patsche, weil die Leute nicht für etwas löhnen wollen, woran sie nicht glauben, und ihr könnt nicht erwarten, daß sie glauben, daß einer unserer Stars wie z.B. Bogey, der die beste ärztliche Versorgung der Welt zu seiner Verfügung hat, daß der inmitten seines Kontraktes stirbt, und nur weil irgendeine Kommunistenschwuchtel das so geschrieben hat. Niemand glaubt so was! Was wir also machen werden, Jungs, ist den Tod töten, sagte Jay Jay zwischen den Wasserlilien; keine Sterbeszenen, Sterbeshows, Sterbeepen mehr. Den Tod erkläre ich für tot, nur Töten ist okay. Er kletterte aus dem Pool, der als neuester Gag mit einer Chemikalie behandelt war, die das Wasser rot färbt, falls jemand heimlich hineinpullern sollte, und das rosafarbene Poolwasser rann an Jay Jays braun gerösteter Truthahnhaut hinunter, während Bernie, der Rausschmeißer, ihm in den Bademantel half. Der Tod ist tot, aber Töten ist okay, warum, weil Töten glaubhaft ist, außerdem macht es Spaß, mit dem Töten kann man sich identifizieren, sogar in Kalamazoo. Bei der nächsten Probevorführung in Tarzana kam der große Mr. James Cagney, von Kugeln durchsiebt, die Kirchenstufen hinuntergetorkelt, nein, Verzeihung, hinauf auf den explodierenden Öltank gewankt und schrie: Ma, kannst du mich sehen? Ma, ich habs bis ganz oben geschafft, und wumm!

»Lassen Sie Arthur in Ruhe«, sagt Harold Bamberg plötzlich und stopft seine Pfeife.

Jay Jay will seinen Ohren nicht trauen. »Jemand was gesagt?«

»Nein«, sagt Harold, halb zurücktretend. Mut, hat er mir einmal gesagt, ist ein anderes Wort für Todessehnsucht.

»Ich befehle Ihnen, etwas zu sagen«, Jay Jays Knopfaugen scheinen aus den Höhlen zu quellen.

»Was zum Beispiel?«

»Ihr verdammten Seelenklempner sagt nie was.«

»Stimmt.«

»Spinne ich?« Jay Jay erhebt sich halb aus dem Rollstuhl.

»Ja.«

»Bamberg«, sagt Jay Jay, in sich zusammenfallend, »wenn Sie mir noch einmal die Wahrheit sagen, jage ich Sie aus der Stadt.«

»Leck mich«, sagt Harold, Todessehnsucht hin oder her. Er weiß, wie man mit unserem Tycoon umgeht. Und außerdem ist er gerade Prof an der Universität von San Diego geworden.

Jay Jay schreit: »Dieses Rindfleisch ist aus Buenos Aires eingeflogen worden.«

»Ach ja?«

»Ihr Mistvolk glaubt doch nicht, daß ich euch mit ein bißchen miesem Nova-Scotia-Hummer davonkommen lasse, oder?«

»Nein.«

Er schnellt herum in meine Richtung. »Was tust du da, Arthur? Glotzt mein argentinisches Filet mignon an, als wärs ein Pferdeapfel.«

»Ehrlich gesagt, Jay Jay«, sage ich und stelle den Teller beiseite, »bin ich heute abend nicht sehr hungrig.«

In der Stille knipst Amanda ein Licht aus.

»Du kommst zu meiner Dinnerparty«, fragt Jay Jay näherkommend, »ohne Appetit zu haben?«

Die neue Police würde bedeuten, daß ich die Hypothek auf unserem Strandhäuschen in Easthampton abzahlen könnte. Feigheit ist

Lebenswillen, oder nicht? Also nehme ich meinen Teller wieder auf. »Tut mir leid, Jay Jay, wird nicht wieder vorkommen.«

Er läßt nicht locker. »Du fühlst dich nicht wohl am Ende?«

»Hatte einen harten Tag im Büro«, sage ich zu ihm mit etwas, was Lord Beauchamp ein blasses Lächeln nennen würde.

»Es scheint etwas im Anzug zu sein«, sagt Alice. Dümmer gehts nimmer.

»Was zum Beispiel, Tittchen?« fragt Jay Jay unheilschwanger.

»Ermüdung, nehme ich an.« Amanda versucht, den Schaden wieder gutzumachen.

»Ich bewirte keine Invaliden«, sagt Jay Jay in die Runde.

»Ein kleiner Schnupfen«, sage ich.

»Na schön«, sagt Jay Jay, »faste bei Fieber, schlemme bei Schnupfen.«

»Genau das werde ich tun, Jay Jay.«

»Bursche!« ruft Jay Jay, und die Schwarzen schwärmen um uns herum. »Gebt Mr. Prince ein mannsgroßes Stück Rindfleisch. Und eine gebackene Kartoffel. Saure Sahne. Hat er Salat? Brötchen und Butter. Okay, ich möchte sehen, wie du das verputzt.«

Ein Stück harter Kot kriecht mir die Speiseröhre hinauf.

»Iß!« sagt Jay Jay.

Ich esse.

VII

Um drei Uhr morgens, das weiß jedermann und seine Mutter dazu, sterben die meisten Leute. Jetzt ist es drei Uhr morgens. Ich krieche auf allen vieren zum Badezimmer. Schwanger mit Rind und Hummer. Stöhnen hilft. Alice wacht auf.

»Suchst du was?«

»Hol mir eine Schmerztablette.«

»Hast du Schmerzen?« Mein kleiner Geniebolzen!

»Hol mir was!« Brüllen hilft auch.

»Du mußt was Falsches gegessen haben.« Sie schleicht ins Badezimmer, macht das Licht an.

»Beeil dich!«

Ich höre sie rumoren. »Glaubst du, daß es ein Herzanfall ist?«

»Ich weiß nicht.«

Rumor-rumor, und ich verbrenne.

»Radfahren hilft.« Sie hält mich hin.

»Ja, mein Schatz.«

Sie hat etwas gefunden. »Wie wärs mit Kamillentee?«

Ich lege mein Gesicht auf den Flauschteppich. »Gib mir was von dem Zeug für deine Tage.«

»Tampax?«

»Schmerztabletten!« Schreien hilft nicht.

»Ich habe meine Kontaktlinsen nicht drin«, ruft Alice. Sie kommt mit irgendwas zurück, ich stopfe es mir in den Mund. »Eigentlich«, sagt sie, »sollten sie zum anderen Ende rein, Liebling.«

So kotze ichs wieder aus, Folie und das ganze Zeug, verdammte Zäpfchen! Sie rennt einen Lappen holen, um aufzuwischen. Das nächste Exemplar ramme ich mir in den Hintern.

»Vielleicht«, sagt Alice und wischt und wischt, »solltest du zum Arzt gehen.«

»Weck den Jungen.« Flüstern hilft.

»Er schläft«, antwortet Alice logisch.

»Weck den Jungen!«

Sie rennt hinaus. Wenn man abtreten muß, muß man abtreten.

Mir wird langsam schwarz vor Augen, als ein Vogel gegen die Fensterscheibe flattert. Wenn mich doch der Junge in seinen Schoß nehmen würde. Ich höre seine Schritte auf der Treppe, er nimmt zwei Stufen auf einmal. Überraschung, Überraschung, er liebt mich doch. »Wenn du stirbst, bringe ich dich um«, sagt er und wiegt mich in seinen Armen.

VIII

In einem Hauseingang der Park Avenue Ecke 63. Straße drängelt sich Barneys Autogrammbande und brennt darauf, die Berühmtheiten zu bestürmen, die aus Dr. Salmons Praxis kommen. »Hallo, Zerobaby, was macht die Pumpe?« – »Hi, Liz, hat man Ihnen die Fäden aus dem Hals gezogen?« – »He, Maureen, wars 'ne Abtreibung oder nur 'n Nervenzusammenbruch?« und so weiter. Später, wenn es dunkel wird, gehen sie zu Sardi hinüber oder wo immer gerade eine Premiere stattfindet. Der Markt fluktuiert, je nachdem, was Papst Walter der Fromme von der *Times* oder die neuesten Einspielergebnisse in *Variety* verkünden. Barney hat Durchblick, aber die Kulturkrise hat ihn verwirrt. Wo sind alle die Planeten geblieben? Was ist aus Evergreens wie Greer Garson geworden? Wie viele eurer Diskontogötter sind übriggeblieben? Juden- und Itakerkinder schaffen es scharenweise an die Spitze, Mel, Woody, Barbra, in der guten alten Zeit hätten sie einen schnellvergessenen trottligen Sodaverkäufer gespielt oder bestenfalls einen Taxifahrer. How Long Will They Last, wie es in dem alten Song heißt. Als Hemingway in der Stadt war, beschattet von dieser babygesichtigen Reporterin vom *New Yorker*, entdeckte Barney ihn vor Brentanos Buchladen, Ernieboy dachte, die Gestapo sei ihm auf den Fersen, flüchtete durch die Paperbacks, sie umzingelten ihn am St. Regus Hotel, seine Augen verdunkelten sich in sklerotischem Entsetzen, der Namenszug war zittrig, Barney hätte ihn leicht für zweiundzwanzig Capotes eintauschen können, aber nicht doch, Ernieboys Handschrift bleibt in Barneys Ruhmeshalle, hinter Glas, in der Wohnung seiner Mutter nahe dem Queens Boulevard. Als ich den Taxifahrer entlohne, stürmen sie aus dem Hauseingang, aber Barney hält sie zurück. »Er ist niemand«, sagt er, freundlich wie immer.

Richtig, Leute, niemand.

Salmons Praxis, eigentlich eine kleine Klinik, hat zwei Eingänge, einen Seiteneingang für spezielle Kundschaft. Die sehr britische Empfangsdame ist Kettenraucherin, das bessert die Schuldgefühle wegen des Morgenhustens. Im Wartezimmer hängen überall frühe Andy-Warhol-Schuhzeichnungen, außerdem gibt es einen kleinen Tisch mit Kaffee und Fachzeitschriften und Joe Spritz.

»Was machst du denn hier?« fragt er in einem Ton, als wolle er Salmon mit niemandem teilen.

»Ach, nur ein Check-up.«

»Keine Sorge. Die finden schon was. Schon mal hiergewesen?«

»Nein.«

Joe klärt mich auf. Er wartet, bis das Laboratorium seinen Urin um- und umgeschwenkt hat. »Er war rosa heute morgen.« Das Wartezimmer ist meist leer, sie lassen die Spezis schnell in Kabinen verschwinden, um sie vor der falschen Art von Publicity zu schützen. »Da sind ganze fünfunddreißig drin«, warnt er mich. »Salmon wirbelt umher wie Henry V. vor der Schlacht von Agincourt. Paß auf, wo sie dich reinstecken. Es kommen manchmal Pannen vor. Einmal war Monty Clift hier, weil sein neuer Kiefer schlecht saß, sie hätten ihm beinahe einen Einlauf verpaßt. Rauch nur ruhig, Salmon zeigt dir diese 3-D-Farbfotos von Lungenkrebsen. Gottseidank hatte ich 'ne Sonnenbrille auf. Salmon ist Spitze. Als sein verdammter Finger feststellte, daß meine Prostata groß wie 'n Tennisball ist, sagte er, daß sie von vorne operieren müßten, durch den Penis. Durch Ihren oder durch meinen, sagte ich scherzend. Laß dir erzählen, wie Trevor Howard wegen eines Versicherungs-Check-up kam. Sie steckten ihn in eine Kabine neben dem Laboratorium, seine Pisse war milchweiß von all dem Gin, den er seit dem Zweiten Weltkrieg geschluckt hat, er hatte Angst, daß ihn die Versicherungsleute nicht passieren lassen würden und dann byebye der zweiten Hauptrolle im Remake von ›Die Ulanen von Bengalen‹, da sieht er auf einem Regal die anderen kleinen Pißflaschen mit den Aufschriften ›David Niven‹ und ›Vivian Leigh‹ und ›Ingrid Bergman‹, der ganzen kränkelnden Besetzung, er nimmt eine nach der anderen und fügt von jeder ein paar Tropfen zu seiner eigenen hinzu, bis sie bernsteinfarben ist. Am nächsten Tag sagt Salmon zu ihm, Trevor, mein Lieber, ich kann Ihnen die freudige Mitteilung machen, daß Sie schwanger sind. Übrigens, hast du von Willy Callaghan gehört?«

»Nein, was?«

»Sie haben ihn aufgeschnitten und gleich wieder zugemacht.« Bingo!

»Mr. Prince, bitte!«

Die Empfangsdame, die zu groß ist für meinen Geschmack und nach Players Zigaretten stinkt, führt mich durch ein Labyrinth und plaudert dabei über das Wetter. Mickey Rooney humpelt uns über den Weg, zur einen Tür hinaus, zur anderen hinein, ohne seine Brille. Noch zwei kubistische Korridore, und ich werde in Salmons Behandlungszimmer geleitet, anders kann man es nicht nennen. Reichlich Mahagoni. Der Doktor sitzt hinter seinem georgianischen Schreibtisch, den Kopf weit nach hinten gebeugt, und sprüht sich etwas in die Nasenlöcher. Er lächelt, kommt mit triefender Nase um den Schreibtisch, graziös wie ein Tänzer, berührt meinen Ellenbogen, sehr entspannend, macht krr! krr!, um seine Nebenhöhlen zu säubern, bietet einen kleinen Scotch an, wir setzen uns, er wird keine Gespräche über die Gegensprechanlage annehmen, als sei ich sein einziger Patient, wir plaudern wie in einer Modifizierten Britischen Schlafzimmerfarce. Bloß keinen Wirbel machen, heißt die Devise.

Auf gar keinen Fall.

»Irgendwelche schweren Krankheiten in der Vergangenheit, alter Junge?«

»Schwer für mich.«

»Zum Beispiel!«

»Zuerst einmal war ich eine Frühgeburt.«

»In unreifen Äpfeln sitzt der Wurm.«

Haha.

»Ich wünschte, ich hätte das gesagt, Doc.«

»Keine Angst, das werden Sie noch, alter Junge.« Seitdem die alte algonquinsche Blase nicht mehr ist, klingen alle Witze, als seien sie »Old Joe's Old Jokebook« entnommen oder wie das Buch heißt.

»Würmer hatte ich auch.«

»Band?«

»Sehr lang.«

»Dann war es wohl einer.«

»Ich hatte enormen Appetit.«

»Die meisten Krankheiten sind gut für irgend etwas.«

Inzwischen liege ich ausgezogen auf der Knoll-Ledercouch. Seine Hände sind warm und weich. Er befühlt meine Füße, ob sie gut durchblutet sind, meine Hände auch, die Finger sind geschwollen, sieht in meine Augen, Ohren, in den Hals, macht ständig krr! krr!

Sein Ohr auf meinem Rücken ist auch warm und weich.

Ich sage alles, fast alles. Ach, die üblichen Kinderkrankheiten, Doc. Masern, Mumps, Windpocken und Scharlach, Mutter hatte ein angeknackstes Herz. Bellender Husten, ziemliche Schweinerei, Dad ging mit mir in diesem Zustand an den Strand, ein Fehler. Seitdem Angst, mich zu erbrechen. Durch die Nase. Anders als mein Bruder Al, der sich gern erbrach, besonders zu Channukah.

»Aha, ein Bruder?«

»Älter.«

»Versteht sich.«

»Von ihm habe ich meine Sprachschwierigkeiten.«

»Ich wußte nicht, daß so was ansteckend ist.«

Haha.

O ja, mit achtzehn Monaten sprach ich schon sehr gut. Konnte »The Boy Stood on The Burning Deck« aufsagen. War glücklich, bis ich merkte, daß mein Bruder neidisch war. Wollte den Scheißer nicht ärgern, also begann ich zu stottern. Zog mich zurück in die Sicherheit des Versagens. Diese zweifelhafte Interpretation stammt von Harold Bamberg.

»Nichts Organisches, würde ich sagen.«

»W-w-wer w-w-weiß.«

Hahaha.

Soll ich die Panne mit der Beschneidung unterschlagen? Dad bestand aus hygienischen Gründen darauf. Mom jedoch hatte gerade einen Bericht gelesen, wo ein ritueller Schächter das Blut vom Penis des Säuglings saugt, und versuchte mit Gewalt, das Unternehmen zu vereiteln. Es entstand ein Handgemenge, und ich blieb halbbeschnitten auf der Strecke.

»Besser als gar nicht.« Inzwischen knie ich auf der Couch, er streift sich ein Gummi über den Zeigefinger.

»Aber jetzt sondere ich diese karzinogene Schmiere ab. Nicht- oder halbbeschnittene Schwänze sollen Ausfluß haben und damit die weiblichen Gojim dezimieren.«

»Judäische Propaganda«, tröstet mich Salmon, seinen Finger tief in mir.

»Hatte nie viel Glück mit meinen Genitalien.« Jetzt hat er seinen Finger zurückgezogen, und ich kann wieder atmen.

»Erzählen Sie bitte.«

»Mit zwölf vom Babysitter verführt. Man erwischte uns, und sie wurde gefeuert. Ich blieb zurück mit Filzläusen und einem schlechten Gewissen gegenüber der Arbeiterklasse. Holte mir den Tripper bei meiner ersten großen Liebe, keine Sulfonamide damals, wurde mit einer brennenden bischofslilafarbigen Säure ausgespült. Die Hoden schwollen an zur Größe einer Honigmelone. Ich war jahrelang unfruchtbar, bis ein theosophischer Guru mich auf dem Kopf stehen ließ in einer sehr kalten Sitzbadewanne.«

»Hat es geholfen?«

»O ja, ich habe einen Sohn, aber nur die Mutter weiß Genaues.«

Er wäscht sich die Hände.

»Furunkel, Rippenfellentzündung und Angina. Nichts Beunruhigendes, bis vor fünf Monaten meine Schwindelanfälle begannen.« Ich ziehe mich an. »Alles verschwamm um mich her. Ich konnte nicht geradeaus gehen und stieß mit Fremden zusammen. Ließ mich an der Ostküste untersuchen, kostete mich ein Vermögen, nur um mir sagen zu lassen, ich sei zu groß und das Blut komme nicht bis zum Kopf. Hier sind die Röntgenaufnahmen. Dann hatte ich acht Jahre Therapie, erst bei einer alten Schachtel, die taub war, und dann bei Harold Bamberg, den Sie kennen.«

»Der gute Harold.«

»Er wollte, daß ich ihn schlage, er war überzeugt, das einzige Heilmittel gegen Krieg, Hungersnöte, Pestilenz und Ölknappheit sei, Harold Bamberg zu schlagen. Statt dessen bin ich abgehauen. Ich werde doch nicht herumgehen und jüdische Winzlinge mit einem Zucken in der linken Wange schlagen. Außerdem hat er versucht, Alice zu verführen.«

»Verständlich, finden Sie nicht?«

»Finden Sie Alice attraktiv?«

»Und wie.« Er beäugt mich. »Wie ist Ihr Liebesleben?«

Statistisch? Qualitativ? Harold hat mir Abwechslung empfohlen. »Monogamie macht Krebs.« Alice ließ mich einmal irgendein dämliches Quiz im *Ladies Home Journal* ausfüllen, nach dem mein Idealpartner eine flachbrüstige rothaarige Radcliffe-Absolventin mit jungenhaftem Hinterteil ist, ich bin also latent schwul. Diane sagt, ich könne mich nicht hingeben, ob ich befürchte, daß ein richtiger Orgasmus mich hängen, rädern und vierteilen würde? »Du verführst, um zurückzustoßen«, sagte sie.

»Normal«, sage ich nur zu Salmon.

»Ach ja?«

Joe Spritz' uralter Vagina-dentata-Scherz: Sieh dir meine Muschi an, sagt die Braut in der Hochzeitsnacht, ich habe doch keine Zähne drin, oder? – Kein Wunder, bei dem Zahnfleisch!

Diane hat recht, wenn ich komme, sterbe ich ein bißchen, darum haben wir auch Krieg, Hungersnöte, Pestilenz und Ölknappheit.

»Rauchen Sie, Arthur?« Salmon macht jetzt Nägel mit Köpfen.

»Hab es einmal aufgegeben, in meiner linken Phase. Dann verkündeten die verdammten Russen, daß es keinen Zusammenhang gebe zwischen Zigaretten und Emphysemen, da habe ich wieder angefangen, die Partei hat immer recht, jetzt rauche ich nur zwei Schachteln pro Tag.«

Er bietet mir eine Rothmans Sobranie an. »Was haben Sie jetzt für Beschwerden ?«

»Mein Stoffwechsel hing immer von den Neuigkeiten ab, Doc. Ich lese eine Menge Todesanzeigen. Vorigen Winter hatte ich meine ersten Koliken, Erbrechen, durch die Nase, kein Blut, nach einer Tasse Kakao pflegten sie nachzulassen. Vor einer Woche oder so hatte ich schreckliche Schmerzen.«

»Wo?«

»Wenn es weh tut, Doc, habe ich keine Schmerzen, ich *bin* der Schmerz.«

»Das wollen wir uns einmal ansehen.«

Wir gehen in die benachbarte Kabine und sehen uns die Röntgenbilder an. Salmon steht auf Zehenspitzen, eine Hand auf der Hüfte, sehr elegant. »Gut«, sagt er, »sehr gut. Wunderschön. Wow!«

»Was sind das für hübsche Wolken?«

»Gas, glaube ich«, antwortet er, lehnt sich vor, um sich die letzte Aufnahme zu betrachten. »Möchte wissen, was das ist.«

Ein dunkler Fleck.

»Das fragen Sie mich?« frage ich ihn. Er duckt sich, dreht eine Pirouette, weicht meinem Blick aus.

Aha.

Er führt mich zurück ins Sprechzimmer. Sichtlich beunruhigt, wie es in altmodischen Regieanweisungen heißt. »Ich sag Ihnen, was wir tun werden.« Er macht eine Pause. »Noch besser.« Er macht eine noch längere Pause, die mir sagt, daß da nichts zu tun ist. »Wir setzen Sie auf Diät.« Er reicht mir einen blauen englischen Notizblock, Smythson's New Bond Street, und einen Füllfederhalter. »Kein Fett. Nichts Gebratenes. Kein Fleisch. Kein Fisch. Kein Geflügel. Kein Gemüse.

Keine Kartoffeln. Keine Rüben. Kein Obst. Kein Käse. Kein Zucker. Kein Salz. Kein Pfeffer. Keine Eier. Keine Nudeln. Keine Schalentiere. Kein Getreide. Kein Gebäck. Kein Tee. Kein Kaffee. Kein Alkohol. Nicht rauchen. Kein Verkehr. Das wäre alles.«

»Was bleibt da noch?« frage ich.

»Nun ja.« Mit gespreizten Fingern berührt er seinen gespitzten Mund. »Alles andere. In kleinen Dosen.«

»Was fehlt mir eigentlich?«

»Schwer zu sagen.« Er spielt den Bescheidenen. Die Grenzen der Wissenschaft. Die Medizin ist auch nur eine Krankheit mit anderen Mitteln.

»Sagen Sie es trotzdem.«

Ich bin überrascht über meine Beharrlichkeit. Wer will es schon wissen? Niemand lebt ewig.

»Namen sind Schall und Rauch.«

»Wie wärs mit Grimmdarmlähmung?« biete ich hilfsbereit an.

»Keine schlechte Idee.«

Was ich nicht weiß, macht mich nicht heiß, auch wenn es mich umbringt.

»Wie lange soll ich diese Diät halten?«

»Bis es Ihnen besser geht.«

»Und wann, glauben Sie, wird das sein?«

»Ach, das hängt davon ab.«

Da gibts diese Ärzte bei Tschechow oder so, die geben einem Baldriantropfen, ändert auch nichts, nichts ändert was.

»Ist es was Ernstes?«

»Ach, kein Grund zur Sorge.«

Salmon ist aufgestanden, er lächelt, das ist eine Sache von vielen, ein Durchschnittstag in New York City, es warten noch weitere elf »spezielle Kunden« auf ihn in den Kabinen, noch niemand ist heute krepiert, kein schlechter Schnitt. »Warum gehen Sie nicht für ein paar Tage ins Manhattan East Hospital? Die haben die neuesten Apparaturen dort. Soll ich Sie anmelden ?«

»Ja, vielen Dank.« Er bringt mich zur Tür. »Verschreiben Sie mir nichts ?«

»Eigentlich nicht. Sie wissen ja, wie es ist.«

»Nein. Wie?«

»Medikamente nützen dem Patienten oder der Krankheit.«

Das ist aus dem *Zauberberg*, oder? Ach, was zum Teufel, Tommy Mann hatte Lungenkrebs, die Operation war erfolgreich, ist sie ja immer, tatsächlich besserte sich seine Schreibhemmung. Eines Tages wird es eine kleine weiße Pille geben, die gegen alles hilft. Inzwischen gehe ich zur Tür hinaus, ein ganz kleiner Junge, nachts allein in einem großen Haus.

»Also, bis bald«, sage ich zu Dr. Salmon.

»Aber ja, gewiß doch«, sagt er mit einer Endgültigkeit, die keinen Einwand duldet.

IX

Alle Ampeln sind tot, eine einsame Sturmlaterne schwingt über der Third Avenue: die Witwe Haas, in weißem Gewand, dirigiert die Scheinwerfer, die in Richtung Norden rasen. Die East Side ist durch Elektrizitätsausfall gelähmt. In den Fenstern unseres Häuserblocks stehen Kerzen, und schwarze Kinder spielen Basketball auf dem Spielplatz. Alles, was man sieht, ist der Schimmer ihrer T-Shirts und das Weiße ihrer Augen. Wie sie den Korb treffen, ist ein Geheimnis. Der Himmel hat zwei Schattierungen von grau, nur über dem Times Square scheint er in Flammen zu stehen.

Ich führe den Hund spazieren. Lady schafft es kaum noch über die Straße zum Spielplatz. Sie hockt am Zaun nieder, kann kein Wasser lassen. Bellt auch nicht mehr die schwarzen Kinder an. Der Tierarzt sagt, geben Sie ihr die Gnadenspritze, sie ist siebzehn, hatte ein erfülltes Leben. Stimmt, eines Tages, als wir hier beim Zaun standen, kam Marlene Dietrich vorbei, schob einen Kinderwagen, kein Make-up, immer noch rassig, Mund ein bißchen schlaff, und tätschelte diesen Hund, das ist mehr, als die meisten Hunde erwarten können von diesem Leben.

Wir sehen dem unsichtbaren Ballspiel zu, T-Shirts huschen vorbei, kein Bellen. Lady läßt sich auf die Seite plumpsen. Ich hebe sie hoch, verdammt schwer, und trage sie nach Hause. Gerade will ich die Vordertür zuschlagen, als es draußen hupt. Amanda ist mit ihrem schwarzen Caddy vorgefahren, noch ein Leichenwagen. »Ich fliege Jay Jay zurück nach Palm Springs. Seine Gürtelrose juckt wie wahnsinnig, er liegt den ganzen Tag im Plaza eingeweicht in seiner Wanne und kratzt sich, bis er blutet. Er ist mir ein guter Vater gewesen, Arthur, aber er hatte ein erfülltes Leben, was sage ich, mindestens vier erfüllte Leben, ich wünschte verdammt nochmal, Gott verzeih mir, daß er stirbt.« Das Radio läuft, MM singt »Bye bye baby, bye and bye«. Amanda berührt meine Hand. »Aber ich werde rechtzeitig zurück sein.«

Rechtzeitig wofür? Sie hat mir nicht ein einziges Mal in die Augen gesehen. »Hast du von Callaghan gehört?«

»Nein.«

»Ich habe ihn heute morgen in der Klinik besucht.« Amanda schrumpft in ihrem Nerzmantel zusammen. »Er sagte, sein Schädel würde ihm bersten, was später am Tag auch geschah. Diese Arschlöcher wollten ihm kein Schmerzmittel geben. Ich habe noch nie solche Schmerzen gesehen.« Sie nimmt meine Hand, führt sie zwischen ihre Schenkel, ein paar Funken sprühen. »Ach, mein Liebling«, sagt sie, ein Kosewort, das ich bisher noch nie von ihr gehört habe, und beginnt zu vibrieren wie eine Baßgeige. Der Ball fliegt über den Zaun, springt über die Straße, prallt gegen die Windschutzscheibe.

»Wann ist die Operation?« fragt Amanda, naß und großäugig.

»Montag.«

Als sie mich küßt, bye bye baby, bye and bye, läßt sie etwas in meine Hemdtasche gleiten. »Nur für den Fall«, entschuldigt sie sich. Nachdem sie weggefahren ist, betrachte ich mir das Ding bei Kerzenlicht in meinem Arbeitszimmer. Es ist ein Pillendöschen von Cartier, herzförmig, mit Rubinen besetzt, und darin sind zweiunddreißig Kapseln. Ich probiere eine, mein Schmerz verläßt mich auf sanften Pfoten, ich schwebe. Ich hätte längst drogensüchtig werden sollen, wer braucht diese Schmerzen? Alice und der Junge sind im Hintergarten und stellen den Grill auf für die Lammrippchen. Der Junge besprüht die Holzkohle, wirft ein brennendes Streichholz darauf, Flammen lodern auf, flackern bläulich, die Kohle ist weiß umrändert. »Komm, das Essen ist fertig«, wird Alice bald rufen. Rauch steigt auf, das Lamm riecht gut dank dem vielen Morphium, die traute amerikanische Familienromanze blüht im Hintergärtchen, Mann, Frau, Kind, Hund und Grill. Na ja, da ist seit Tagen ein Mann auf dem Dach und schmeißt leere Hustensaftflaschen herunter. Trotzdem, alles scheint immer besser zu werden. Tricky Dicky ist weg vom Fenster, der Broadway steht wieder in Blüte, der Markt hat Konjunktur, und in der Mount-Sinai-Klinik arbeitet dieser bucklige Israeli an einer Pille gegen Altersschwäche, Chita Dimbleby hat sie schon ausprobiert und das Altern in einem solchen Maße umgekehrt, daß ihre Menstruation ausblieb, zurück zum Kind. Aber warum sollte mir jemand eine herzförmige Hilfe geben, einen Schubs in ein stilles Grab ? Muß drei Riesen gekostet haben. Warum sollte irgend jemand für mich kochen und rufen: Komm, das Essen ist fertig? Ich habe nichts weiter getan, als Geld zu machen und es wieder auszugeben und Pläne geschmiedet, wie ich die Leute mit Lebensversicherungen anschmieren kann.

Außerdem gibt es überhaupt keine Lebensversicherungen, nur Todesversicherungen. Leben, was für ein Leben? Das Leben war für mich nie hier, sondern immer dort drüben, ich las in den Zeitungen darüber. Na schön, was hab ich schon davon, wenn ich wie ein Modifizierter Johnny Garfield aussehe, auch er ist abgekratzt, auf einer Blondine, hätte nicht so viel Tennis spielen sollen mit seinem angeknacksten Herzen und dem FBI auf den Fersen. Wenn ich lächle, sehe ich keinen Garfield-Charme, nur ein Wolfsgrinsen, richtig häßlich, häßlicher als Callaghans, dem heute nachmittag der Kopf geplatzt ist. Ich sehe bei Kerzenlicht in den Spiegel und puste die Kerze aus. Im Dunkeln stoße ich gegen diesen orangefarbenen Din A 4-Aktenordner mit der Aufschrift »Mementos«. Ich zünde die Kerze wieder an, setze mich auf den Boden und stöbere in dem Ramsch herum.

Alice kommt mit einem Tablett herein. Sie trägt ein neues schwarzes Kleid, ist das nicht ein wenig voreilig, mein Schatz?

»Ich dachte, du magst vielleicht ein paar Erdbeeren mit Schlagsahne als Appetizer.«

»Darf ich nicht, Liebes.«

»Sie sind frisch.« Ihre Tumbheit hat neue Höhen erreicht, aber etwas stimmt nicht, ich blicke auf. Sie trägt kein Make-up, hat Ringe unter den Augen, zerzauste Haare, vielleicht ist sie in einem Phasenwechsel, von Baby Doll zu Jackie der Witwe in ihrer ganzen griechischen Würde, während LBJ nach der Präsidentschaft lechzend versucht, ihr die Schau zu stehlen.

»Die Franzosen nennen es ›das kleine Schwarze‹.« Sie zupft an ihrem Kleid. »Es gefällt dir nicht.«

Trauerkleidung.

Ich betrachte ein Kodakfoto. Wir beide vor einem Marmorpferd.

»Wo war das?«

Sie beugt sich vor. »Ich weiß nicht.« Sie kniet sich neben mich. »Hab dir einen neuen Pyjama gekauft. Die Schwestern werden kopfstehen.«

»Danke, Schatz.« Noch ein Photo: Mädchen am Strand, kniend, in zerfransten Jeans. »Wer ist das?«

Sie schaut. »Ich.«

»Mensch!«

»Ich war rothaarig in jenem Jahr.«

Ja, Madame, sie schlüpfte aus diesen zerfransten Jeans und kniete sich, schon wieder, in einem Bungalow in Durango, Colorado, auf den Küchenboden, und wir hatten zusammen achteinhalb Orgasmen, Alice den halben. Vergiß ja nicht, das in meiner Todesanzeige zu erwähnen, und auch meine anderen Fertigkeiten nicht, daß ich zum Beispiel eine Münze schleudern kann wie Georgie Raft.

»Wir waren gute Partner«, sage ich zu dem Photo.

»Ja, du hättest das Tennisspielen nicht aufgeben sollen.«

So sanft wie möglich: »Das habe ich nicht gemeint, Schatz.«

»Du hast das Tennisspielen aber aufgegeben.« In ihrer Tumbheit liegt Methode. Ich fische eine Postkarte heraus. »Erinnerst du dich an Rom?«

»Rom?«

»Ja.«

»Eine herrliche Stadt.«

Angeschickert und Arm in Arm durch Trastevere, dann hinauf zu einem riesigen Bett nicht weit von der Spanischen Treppe, sie war mitten in ihrer Neuen Linken Phase und erklärte mir Gramsci, während sie auf mir auf- und niederhopste, kaum zu glauben, daß diese hirnlose Schnalle stundenlang über Sozialismus mit menschlichem Gesicht dozieren konnte. Damals trug sie eine Brille, keine Linsen.

»Alice, mein Schatz«, sage ich zu ihr, »du bist so dumm!«

»Wirklich?«

»Ja.«

»Du findest Rom nicht herrlich?«

Ihre Stimme hat einen neuen rauhen Unterton. »Ich habe mit Mrs. Bernstein gesprochen. Bei ihr haben sie die gleiche Sache gemacht, und sie hat sich noch nie so wohl gefühlt.«

»Mrs. Bernstein hatte eine Hysterektomie.«

»Sie hat sich noch nie so wohl gefühlt«, sagt Alice bestimmt. »Sie hat auch gesagt, wenn es Hepatitis ist, sollst du die Farbe von deinem Stuhl vergleichen.«

»Womit vergleichen, Schatz?«

»Mit der Farbe von anderer Leute Stuhl, nehme ich an.«

»Das muß ich mir merken.«

Ein Hotelschlüssel, Colombe d'Or, St. Paul, nie zurückgegeben. Einhundert weiße Tauben gurrten im Garten, und im Badezimmer ein Matisse.

»Wann wirst du operiert?« Sie ist ein bißchen nähergerückt. Sie hat einen neuen Geruch, kein Chalimar, nur einfachen, ehrlichen Menschengeruch, ein bißchen ranzig, erster Tag ihrer Regel. Auch ihre Achselhöhlen hat sie nicht mehr rasiert, was hat das zu bedeuten, verdammt nochmal?

»Hab ich dir schon zweimal gesagt, du hörst nicht zu.«

»Ich höre zu. Ich bin eine sehr aufmerksame Zuhörerin, aber du erzählst mir nichts. Du ißt keine Erdbeeren, du hast das Tennisspielen aufgegeben, du verbittest dir meine Fellatio, du hast dir wochenlang nicht die Haare schneiden lassen.«

»Alice, bitte!«

Sie schlägt plötzlich, eine Überraschung, auf meinen Hinterkopf, wo ich es am meisten hasse.

»Laß das.«

»Son of a bitch«, sagt sie und schlägt noch einmal zu. Harold Bamberg würde seine Freude daran haben, zweifelsohne. »Prügel sind die äußerste Form der Kommunikation.« Zum Teufel damit, ich werde mich nicht so weit erniedrigen, dieses Weibsstück, das zufällig meine Frau ist, zu vertrimmen, was ist in sie gefahren?

Dort kniet sie, fuchtelt mit ihrer Linken, bereit zum Schlag.

»Was ist in dich gefahren, Schatz?«

»Ich habe dich mal geliebt«, sagt sie, »damals im Jahre 61, als jeder für circa fünf Minuten ein Held war.«

Klatsch, rückhändig, über meinen Mund. Ich packe sie an den Armgelenken. »Tu das nochmal und ich versohle dir den Arsch.«

»Nur zu.« Ihre Augen sind wie aus Marmor.

»Wenn du Streit willst, soll mir recht sein, aber tragen wir ihn verbal aus.« Ich halte sie umklammert, sie versucht sich loszustrampeln. »Du willst wissen, warum ich nicht mehr mit dir kann, ich kann nicht mehr mit dir, Mädchen, weil du mich fertigmachst mit deinen Regeln und Anleitungen. Dich zu bumsen, ist wie die Verfassung zu bumsen. Mach es so. So nicht! Tiefer! Höher! Schneller, langsamer! Warte auf mich, komm, und so weiter.«

Sie befreit sich, rollt zur Seite, massiert ihre Gelenke. »Ich bin nicht dumm«, schreit sie, ihre Stimme wie Schmirgelpapier, richtig ordinär, würde meine Mutter Bella sagen. »Ich löse das Kreuzworträtsel in der *Times* in zwölf Minuten. Ich kann besser rückwärts einparken als du. Ich kenne jeden Film, den Clark Gable gemacht hat, von ›The Last Mile‹, wo er noch keinen Schnurrbart trug, bis ›Misfits‹. Ich habe achtundsechzig Prozent von Marcel Proust gelesen.« Sie kann sehr gut weinen, das muß ich sagen, besser als Kathy Hepburn, die beste Weinerin der Branche, wenn ihr die Tropfen langsam von den Wimpern hinunter auf das tapfere Kinn rollen, aber Alice hier weint ein kleines Meisterwerk. »Was soll aus mir werden?«

»Verzweifle nicht, mein Schatz. Wenn du ein braves Mädchen bist und dir nach dem Essen immer die Zähne putzt, kriegst du zu Weihnachten vielleicht auch eine Hysterektomie.«

»Du wolltest für mich sorgen.«

»Ich dachte, das hätte ich.«

»Scheiße hast du.« Sie wischt sich den Rotz von der Nase. »Deine stinkenden Unterhosen waschen plus vierzigtausend Gratisficks.«

»Sie scheinen dir gefallen zu haben.«

»Oh, ich kann stöhnen.« Sie gibt eine Parodie zum besten, mit verdrehten Augen. »Ich bin nicht dumm. Ich kann gut stöhnen. Ich habe viele Komplimente bekommen für mein Stöhnen, von Lord Beauchamp zum Beispiel, mit dem ich in New Hampshire Analverkehr hatte.« Aber ihre Wut ist verraucht. Sie kriecht im Krebsgang in eine Ecke, weg vom Kerzenlicht und sieht aus wie zwölf. »Am Tag, als wir uns kennenlernten, sagtest du, du siehst bezaubernd aus, ich werde nicht zulassen, daß du Geschirr spülst, keine einzige Schüssel, sagtest du. Ich werde das Dach teeren, die Fenster abdichten, die Abwasserrohre durchgängig halten, sagtest du. Ich werde das Schwimmerhahnventil reparieren, den Zaun grün streichen und tropische Pflanzen züchten, wo vorher nichts gedieh, sagtest du. Mensch, das ist mal ein schöner Streit, was, Arthur?«

»Ja.«

Der Junge ruft aus dem Hintergarten: »Kommt, das Essen ist fertig.« Ich puste die Kerze aus. Die Dunkelheit ist voller gespenstischer Kodakmementos. Alles war so nett gewesen. Wir beschleckten uns in den Dünen auf der Insel, sie seufzte sich das Herz aus dem Leib: Ja, ja, ja, und ich spuckte: Du sollst doch nicht im Sand sitzen, mein Liebling. Silvester pinkelte ich Trottel unsere Initialen in den Schnee und ein von einem Pfeil durchbohrtes Herz, schreib auch das in meine Todesanzeige, mein Engel. Ich nahm sie mit nach Hause. Als sie sich das erste Mal für mich auszog, sagte sie: Ich bin gar keine Blondine. Die Heizkörper grummelten die ganze Nacht. Wenn wir uns berührten, zischte unsere Haut wie Speck in der Pfanne. »Ich bin wirklich nicht dumm«, sagt Alice im Dunkeln. »Wenn du im Büro bist, lese ich mehrere Wochenmagazine, unter anderem den *Atlantic Monthly*. Ich habe einem Black Panther hundert Dollar gegeben. Nach Labor Day werde ich mit der Bibel beginnen, von Anfang an, Genesis 1/a – da hast dus, ich bin nicht dumm – bis, na ja, wo sie aufhört, ich finde es aufregend, daß man nicht weiß, wie es ausgeht am Ende. Ich habe einen Stepptanzkurs mitgemacht, aber wozu das alles? Alles bricht zusammen. Wir haben einen Krieg verloren, der Kühlschrank ist kaputtgegangen, das Hundefutter stinkt zum Himmel. Ich gehe auf die vierzig zu, kein Mensch wird mich jetzt mehr vergewaltigen. Ich habe meine linke Kontaktlinse verloren. Gestern habe ich gesehen, wie der Postbote ausflippte. Er stopfte die Post in den Gully. Alle diese Rechnungen und Rundschreiben und Liebesbriefe sind ins Meer hinausgeschwemmt.« Sie kriecht auf allen vieren näher. »Wenn du mich wirklich liebst, würdest du nicht sterben.«

»Kommt, das Essen ist fertig«, ruft der Junge wieder. Wir gehen nach unten. Der Junge hat sich große Mühe gemacht, den Tisch unter der Markise gedeckt, mit Kerzen und Blumen, hantiert geschäftig herum, spielt den kleinen Butler. »Morgen kannst du mit der Diät anfangen«, sagt er, »aber heute abend laß es dir nochmal schmecken.« Er serviert das Essen, schenkt Wein ein, irgendeinen miesen roten. Ich finde das sehr rührend. Harold würde sagen: »Ein Grund, daß Menschen krank werden, ist der, daß sie bemuttert werden wollen.« Der Junge bemuttert mich. Er lächelt sogar, eine Rarität. Vielleicht weiß er etwas, das Dr. Salmon mir nicht gesagt hat. Einmal, er war sechs Jahre alt, sagte er: »Wenn ich tot bin, wird es dir leid tun.« Es wird euch allen leid tun, wenn ich tot bin, aber kann es euch nicht leid tun, solange ich lebe? Alice sitzt da in ihrer voreiligen Witwentracht, lächelt ebenfalls. Vielleicht lieben sie mich doch, ich bezweifle es, warum sollten sie, vielleicht doch, also löffle ich die Vichysoisse des Jungen, Gift für meine Verdauung, und esse seine Lammrippchen, angekohlt, trocken, zuviel Knoblauch, und den pappigen Reis und die Erdbeeren mit Schlagsahne. Unter der Decke von Morphium fühlt sich mein Magen an wie die Schlacht um Berlin, kein Schmerz, nur ein dumpfes Rumpeln, nächtlicher Schlagabtausch ignoranter Truppen, und mein Teller ist so sauber wie geleckt, man muß lernen, Zuneigung zu akzeptieren. »Un digestif«, sagt der Junge, um zu demonstrieren, daß sein Französisch besser geworden ist, und serviert mir ein Bromo. Dann legt er eine Judy-Garland-Platte auf: »You made me love you, I didn't want to do it«, singt sie. Das Bromo sprudelt kaum, die Lichter auf der East Side gehen an, und wir bemerken, daß der Hund unter der Eiche merkwürdig aussieht. Er zuckt und wird schlaff. »Wart ihr mit ihr beim Tierarzt?« fragt der Junge. Keiner von uns rührt sich.

»Ja.«

»Was hat er gesagt?«

»Er hat gesagt, kein Grund zur Sorge.«

Der Junge geht zur Hündin, hebt eine Pfote, läßt sie fallen. Dann packt er sie am Fell, schüttelt sie so heftig, daß ihr Kopf hin- und herbaumelt und gegen die steinerne Einfriedung der Eiche schlägt. »Scheiiiße!« schreit der Junge und fällt mit gespreizten Beinen gegen den Baum, als wolle er Wasser lassen. »Bleibt, wo ihr seid«, heult er, als ich aufstehe.

»Ruf das Tierheim an«, sage ich zu Alice, »sie sollen einen Wagen schicken.«

»Wie ist die Nummer?«

»Sieh nach.«

Auf dem Weg ins Haus prallt sie gegen eine Stange, die die Markise stützt. »Ich habe meine linke Kontaktlinse verloren«, sagt sie in der Tür.

Der Junge hat aufgehört, gegen den Baum zu treten, und geht zum Werkzeugkasten.

»Was machst du?«

»Sie begraben.«

»Das ist nicht erlaubt.«

»Na und?«

Er wirft mir eine zweite Schaufel zu. Ich knipse die Gartenbeleuchtung aus, damit uns die Nachbarn nicht sehen können, bis auf den Mann auf dem Dach vielleicht. Wir schaufeln ein ein Quadratmeter großes Loch in einer dunklen Ecke hinter der Eiche. Der Junge legt die Hündin hinein, und wir füllen das Grab mit Erde auf. Dann sitzen wir eine Weile da. Ich biete dem Jungen eine Zigarette an, er raucht sie, ohne sie nur einmal von den Lippen zu nehmen, ein Auge hält er geschlossen, ein sehr alter Junge. »Weißt du noch, als sie von einem Auto angefahren wurde und der Tierarzt ihr die Pfote amputieren mußte? In derselben Nacht rannte sie weg von zu Hause. Wir suchten nach ihr und fanden sie vor der Praxis des Tierarztes, wo sie an der Tür kratzte.«

»Sie wollte ihre Pfote wiederhaben.«

Im vorigen Sommer, in Amagasset, blieb sie meistens unter meinem Bett, mit lahmen Läufen, aber die ersten Herbstregen belebten sie. Ein letztes wundersames Mal in Hitze, kroch sie hinaus auf den Strand, um in einem Kreis von Verehrern herumzutollen, bis ihr die Beine versagten. In der Dämmerung nahm sie ihre Kräfte zusammen und schlurfte mit einem zerfransten Schnauzer durch den Seetang davon, bis er sie endlich bestieg. Ihre Beine knickten wieder weg, da ging ich ins Mondlicht hinaus und hielt ihren Steiß hoch, und wir drei huldigten der Liebe, bis sich der Morgentau auf unsere Gesichter legte. »Sie hatte ein erfülltes Leben«, sage ich zum Jungen, »und als es Zeit war zu gehen, war sie bereit.«

Niemand ist bereit zu gehen.

X

So ist das also, zwei Nächte vor einer größeren Operation lasse ich mir die Schau stehlen von einem verdammten Köter, der mir einfach wegstirbt, und der Junge will allein sein wie die Garbo, um im Hintergarten an einem verbotenen Grab zu trauern, die Frau sitzt auf der Vortreppe und trägt absolut nichts außer einem schäbigen Blaufuchsmantel, und um mich kümmert sich keiner. Alle tun so, als hätten sie mehr Recht zu leiden als ich, dabei sollten sie um mein Bett herumstehen, mich mit Leckerbissen verwöhnen, mit einer Fußmassage oder Cornflakes, aber nein, nein, dieses Mal mußt du dich um uns kümmern, Dad, sie haben sich eingekapselt in ihr gerechtes Leiden, apropos Kapseln, Amandas Selbstmordkapsel hat jetzt wirklich angefangen zu wirken, meine Kehle ist ausgedörrt, meine Zunge geschwollen, meine Nerven überzuckert, und dazu ein Wahnsinnszittern, als machte ich hundertzwanzig Kilometer die Stunde im Leerlauf, ein Tempofreak im Stand, der Schädel birst mit Comicstripfüllseln, wusch! sniff! und so weiter.

Die Vortreppe wird mit grünem Licht von der Straße überflutet.

»Ach, da bist du.«

Ach ja, in der Tat, da ist sie.

»Wie wärs mit einem Spaziergang am East River?«

»Nein, danke«, sagt Alice mit einer Modifizierten Jimmy-Durante-Stimme.

Sporttreiben ist gesund, denke ich, wenn ich öfter am Fluß spazierengegangen wäre, müßten sie mich vielleicht nicht aufsäbeln am Montag.

»Über der Triboro-Brücke scheint der Mond.« Eine lyrische Bemerkung, als wollte ich sie dazu überreden, mit mir auf einem Autorücksitz unter dem Junimond zu poussieren, irgend jemand rastet hier aus.

»Ich kann ihn von hier aus sehen.«

Ich setze mich neben sie. »Wie er auf dem Wasser zittert?«

»Soll er zittern!« staucht sie mich zusammen in ihrem neuen basso profundo. »Ich werde Toid Avenue nicht überqueren.«

Was hat dieser jüdische Akzent plötzlich bei Alice zu suchen, dem Stolz von Sarah Lawrence, wo sie Kunst & Mist bei einem Hermaphroditen studierte, der Auschwitz überlebt hat? »Was hast du gegen die Third Avenue?« Um sie zu Verstand zu bringen, setze ich eine wohlakzentuierte Stimme auf, ein Modifiziertes Upper-Class-Näseln.

»Scheißspanier schmeißen mir Stinkbomben unter den Schwanz.«

Wie bitte?

»Gestern abend haben sie mich ›hija de puta‹ genannt.«

Ich sehe sie an. Sie sieht nicht zurück. Sie versteckt ihre Hände in den Blaufuchsärmeln, sitzt dort, ein schäbiges Bündel, sieh mal, Mama, keine Hände.

»Ein gewisser idiomatischer Nachdruck wird uns schon nichts anhaben.«

»Schimpfworte sind mir zuwider«, antwortet sie. »Also scheiß auf deinen idiomatischen Nachdruck.« Sie beginnt, hin- und herzuschaukeln, rutscht auf ihrem Hintern und reibt sich an der Sandsteinstufe. »Entschuldigung«, sagt sie, normaler. »Hämorrhoiden.« Sie rutscht wieder. »Nein, Würmer.«

»Sieh dir den Mond an, Alice«, sage ich streng zu ihr. Auch ich kann Schimpfworte nicht ausstehen.

Sie reibt weiter ihren Hintern am Stein, genießt den Kitzel. »Jetzt nicht«, sagt sie.

Als sie endlich auflhört, wage ich einen Naturkommentar, um vom Thema Würmer abzulenken. »Ein Hauch von Herbst in der Luft.«

Sie schnüffelt und steht auf, vielen Dank Natur, geht die Treppe hinunter zu dem Baum, der eine Manschette aus Drahtgeflecht trägt, damit die freilaufenden Hunde ihn nicht schänden können. »Arthur«, sagt sie, ganz normal, »wie erklärst du dir, daß es in NYC mehr Hundedreck gibt als sonst irgendwo?«

»Weil es mehr Hunde gibt, Schatz, deshalb.«

Sie ist in etwas Weiches getreten. Das kommt davon, Leute, wenn man in NYC ohne Schuhe rumläuft. Ich trete zu ihr, sie sieht mich direkt an. »Findest du das ermutigend?« fragt sie mich laut und vorwurfsvoll. »Ein Zeichen von Gesundheit? Ein Grund zum Feiern?«

Vielleicht bereitet sie sich gerade auf eine Modifizierte »Grünes-Amerika«-Phase vor, wie wir da stehen und auf die Schmiere an ihrer hornigen Ferse blicken.

»Ich kann nichts dafür, Alice«, verteidige ich mich. »Es gibt ein paar Dinge in dieser Stadt, gegen die ich ernstlich was einzuwenden habe, aber eines mußt du zugeben, Hunde liebt man hier.«

»Des Menschen bester Freund und dieser ganze Mist?«

»Was sonst, Schatz?«

»Paranoia.«

»Keine Ahnung, worauf du hinauswillst, Alice.«

»Der plötzliche Zuwachs an Kettenhunden, oder hast du das nicht bemerkt?«

»Nein, eigentlich nicht.«

»Ist dir aufgefallen«, sie senkt ihre Stimme, als wolle sie nicht von irgendwelchen Hunden belauscht werden, »daß unter all den letzten

Neuerwerbungen in diesem Block kein einziger«, sie sieht sich um, »Zwergpudel ist?«

»Alice, was soll all dieses verrückte Hundegerede, hör auf damit!«

Sie geht jetzt in Richtung Lexington. »Mrs. Laser hat sich eine Dänische Dogge gekauft.« Sie kommt jetzt richtig in Fahrt. »Die Gottfrieds besitzen einen Dobermannpinscher, auch nicht gerade ein Schoßhund, oder? Aber das ist nichts gegen die Motherwells, die sich einen Englischen Mastiff zugelegt haben, mit zwanzig Zentimeter langen Fängen. Ach«, ihr entschlüpft ein kokettes Kichern, »er könnte nicht netter sein. Als ich das letzte Mal heiß war, stand er vor meinem Fenster wie festgenagelt.« Sie bricht ab, mit einem süßen Lächeln. »Du bist doch nicht eifersüchtig, Arthur?«

»Nein, mein Schatz.«

Was ihr das Lächeln vom Gesicht wischt. »Du brauchst nicht eifersüchtig zu sein. Er ist ein Monster, dieser Mastiff, die ganze Sache ist das reine Gift, Rassismusgift. Die Menschen haben ein Recht auf Protektion, nicht auf Provokation.«

Auf der anderen Straßenseite, dem Asyl gegenüber, sitzen drei Schwarze und trinken Hustensaft.

»Ich gehe schlafen, Alice.«

Sie versperrt mir mit den Ellenbogen den Weg. »Du bleibst hier, du blöder Arsch, bis ich dir die Flausen aus dem Kopf geprügelt habe.« Ihr Gesicht sieht aus, als habe es jemand zerkratzt. »Die ganze Nachbarschaft wird terrorisiert von diesen Biestern. Sie stolzieren umher, fletschen die Zähne und schlenkern mit den Hoden. All die schwarzen Kleinen sind zu Tode erschrocken. Es ist gemein, ekelhaft, dumm. Diese Hunde verhindern Krawalle nicht, sie machen welche.« Eine Hand schießt aus dem Ärmel heraus, stößt in die Luft, sie macht ein nachdenkliches linksorientiertes Gesicht. »Eigentum bedingt Diebstahl. Es ist immer das Gesetz, das zu seiner Übertretung herausfordert. Genau wie beim Sex. Wenn jemand mit Mrs. Motherwell anbändeln würde, läge das nicht so sehr am Ausmaß seiner Gefühle für sie, sondern am Maß ihrer Brüste.«

Wie komme ich bloß ins Haus zurück, damit ich Harold Bamberg oder das Bellevue oder die Küstenwache anrufen kann? »Sieh dir den Mond an, Alice.« Was sonst kann ich sagen?

»Jawoll, Sir.«

Himmel, was soll dieses Jawoll-Sir-Getue? Sie sieht zum Mond, biegt dann in die Lexington ein und überspringt jede zweite Fuge im Pflaster. Das Bordell in der dritten Etage hat in einem Fenster ein rosarotes Licht brennen. Alice nimmt meinen Arm. »Aus den ersten törichten Jugendjahren bin ich schon heraus«, sagt sie vertraulich. »Nicht mehr so jung, wie ich mal war. Ich werde langsamer, stimmt. Ich sage zu meinen Freiern: Meine Herren, sage ich, ich kann noch immer meine Nummer schieben, aber ich habs nicht mehr nötig. Willst du sehen, wie hoch ich springen kann ?«

»Alice, bitte.«

Sie bleibt vor der dunklen Synagoge stehen. Der Rabbi steht auf der Vortreppe, eine braune Papiertüte in der Hand, und sieht zum Mond. »Guten Abend, Mr. Prince«, sagt er mit seiner öligen, viel zu perfekten Stimme. »Guten Abend, Mrs. Prince.« Er lächelt wissend, Gott sieht alles, er entfernt sich in Richtung U-Bahn-Eingang, sogar sein Gang ist tolerant, wie Gott sieht und versteht er alles.

»Ich zeig dir, wie hoch ich springen kann«, fährt Alice fort und streckt meinen Arm aus. »Sag: spring!«

»Alice, du machst mich nervös.«

»Sag: spring!«

»Okay: spring!«

Sie geht ein paar Schritte zurück, macht einen Satz mit dem Kopf zuerst, als wolle sie über meinen Arm springen, fällt aufs Gesicht, der Pelzmantel öffnet sich und legt ihr blond gefärbtes Dreieck bloß. Ich helfe ihr auf, wir setzen uns auf die Vortreppe der Synagoge, sie außer Atem. »Kläglich«, sagt sie. »Na ja, am Ende des Sommers neigen wir alle ein bißchen zur Trägheit. Im Sommer, weißt du noch, da habe ich ein Eichhörnchen im Park gefangen, versuch du mal, ein Eichhörnchen im Park zu fangen. Okay, ich sehe mir den Mond an.« Das tut sie. »Ein Hauch von Herbst in der Luft. Früh dieses Jahr. Noch vierundsechzig Tage bis Weihnachten. Gib mir deine Pfote, Arthur.«

Auf der anderen Straßenseite, am Gewürzladen, steigt Betty Browney aus ihrem Wagen, makellos wie immer, sie winkt und strahlt. »Hallo, ihr beiden«, ruft sie, als finde sie uns unwiderstehlich romantisch. Ich versuche Alice auf die Füße zu stellen, aber sie klammert sich ans Geländer und weint.

»Alice, ich glaube, du mußt mal Ferien machen. Wie wärs, wenn du eine Zeitlang nach Florida gingst?«

»Wo du hingehst, da will auch ich hingehen«, schluchzt sie.

»Deine Mutter wird gut für dich sorgen.«

Sie hört auf zu schluchzen. »Was zum Teufel soll das heißen, meine Mutter wird gut für mich sorgen, wann hätte sie jemals, und wo wirst du sein?«

»Ich fahr dich hin und hol dich wieder ab.«

Sie steht schwer atmend auf. »Wenn du mich loswerden willst, brauchst du mich nicht außer Haus zu geben wie deine meschuggene Tante.« Die drei schwarzen Männer kommen herangeschlendert. Alice spricht sie aus der Entfernung an. »Fünfzehn Jahre habe ich ihm gegeben, die besten meines Lebens, und was ist der Lohn?« heult sie. »Büchsenfutter und darf nicht mit der U-Bahn fahren. Niemals ohne Leine, höchstens mal im Morgengrauen, wenn die Bullen ihre Bestechungsgelder zählen. Das einzige Land in der Welt, wo man seinen Morgenbummel nicht ohne Leine und Begleitung machen darf, und dabei wimmelt es hier nur so von Tauben ohne Begleitung. Verließ mein gutes Zuhause in Baltimore und kam über den Potomac herüber und wofür? Wo sind die goldenen Träume meiner Jugend? Lassie nie begegnet, niemals meine eigenen Interessen verfolgt, niemals, na schön, einmal auf Fire Island oder waren es zweimal, den Cockerspaniel nicht mitgerechnet? Ach Jo, mein Jo! Die Sonne war wie ein Feuerball, aber diese verdammten Liebermann-Sprößlinge drehten den Schlauch auf, als ich gerade dabei war, meine angeborene Schüchternheit zu überwinden.« Sie bellt zweimal. »Wenn du mich loswerden willst, warum stößt du mich nicht einfach unter einen Bus und adieu!« Bellt wieder, dann wird sie wieder normal. »Arthur, die Wahrheit ist, ich bin dir unbequem geworden.«

»Nein, das bist du nicht, Liebes.«

»O doch, das bin ich, Arthur. Irgendwas ist schrecklich schiefgegangen mit unserer Ehe. Wir haben uns nichts mehr zu sagen. Du behandelst mich wie einen Polizeihund, par example. Das bin ich nicht, Arthur, wirklich nicht, ich bin ein französischer Pudel, na schön, ein Achtel jüdisch, aber kein Polizeihund!« Sie schnellt herum, knurrt. »Was hast du gegen Polizeihunde ?«

O Himmel!

»Nichts, Alice.«

»O doch, hast du! Kanns dir nicht mal übelnehmen. Den ganzen Sommer über die gleichen Fotos in den Boulevardblättern. Irgendein fetter Bulle hält einen Köter an der Leine, der daran herumzerrt, um sich in ein schwarzes Hinterteil zu verbeißen. Ich kenne dich, Arthur! Jedesmal, wenn wir am Logierhaus an dieser Ecke vorbeikommen, entsteht diese tödliche Stille, du bist verlegen, du weißt nicht, wo du hinsehen sollst, du schämst dich für mich.«

»Aber nein, wirklich nicht, Liebes.«

»Kratz mein Fell«, antwortet sie. »Ich glaube, ich habe Flöhe.«

Ich kratze ihr Fell. Die drei Schwarzen gehen jetzt langsamer, grinsen freundlich, high vom Hustensaft.

»Ich bin nicht so, wie ihr glaubt«, sagt Alice zu ihnen.

»Was?« Einer von ihnen bleibt schwankend stehen.

»Wie gehts dir, Cristiano?« Sie steht auf. Wenn sich der Pelzmantel öffnet, werden sie sie bestimmt vergewaltigen und ich muß zugucken oder vielleicht umgekehrt.

»Na ja, Scheiße fresse ich noch nicht«, antwortet der freundlich, ein alter Mann ohne Zähne.

»Die reißen unser Haus ab«, sagt der zweite, ein fetter Schwarzer mit einer Narbe auf dem Nasenrücken. »Bis zum fünfzehnten muß ich raus sein und weiß nicht, wohin.«

»Das tut mir leid.«

Der dritte, ein Junge, lehnt an der Synagoge und pinkelt dagegen, weiß er nicht, daß Gott alles sieht? Alice ist in die Knie gegangen, streckt die Pfote aus wie ein Pointer. Der alte Mann starrt, sein Zahnfleisch ist rosa, der Fette lacht wie wahnsinnig und schlägt sich auf den Bauch. »Feines Hundchen«, brüllt er, tritt näher, Alice knurrt. »Beißt der Hund?« Die Schwarzen hören auf zu lachen.

»Jedermann weiß«, sage ich zu ihm, »daß diese Rasse nicht beißt.«

»Ja, aber weiß der Hund das auch?«

Jetzt lachen alle drei, der Junge will seinen Reißverschluß hochziehen, er klemmt.

»Sagt ihr, sie soll sich totstellen«, sage ich. Mit den Wölfen heulen, ist die Devise.

Alice ist noch immer steif wie ein Pointer. »Arthur, das ist wirklich ganz unnötig«, sagt sie.

» Stell dich tot, Hund«, sagt der Junge zur ihr. Sie gehorcht, liegt auf dem Rücken, Hände über der Brust, mit hochgezogenen Knien. Der Junge hockt sich neben sie.

»Für drei Dollar und das Fahrgeld darfst du mal mein Mäuschen sehen«, sagt Alice zu ihm und öffnet ihre Beine, ihr Bauch schimmert weiß. »Nur mal vorweg. Drei Dollar für einmal gucken.«

Der alte Mann hockt sich auch hin und zieht den Pelzmantel zurecht, bedeckt sanft ihren Schoß.

»Zwei Dollar?« feilscht Alice. »Kümmert euch um Alice, es geht ihr nicht sehr gut. Einsfünfzig, verdammt nochmal! Kümmert euch um Alice, sie ist leer.«

Sie stehen auf, vor Verlegenheit ernüchtert, sehen mich an, bereit zu gehen.

»Kein Grund, gewalttätig zu werden«, sagt Alice, immer noch auf dem Rücken liegend. »Benehmen wir uns zivilisiert. Ich gebe euch mein ganzes Geld, ich habe kein Geld, nehmt meinen Ring.«

Sie wirft ihnen den Ring zu, er rollt weg, der alte Mann hebt ihn auf, bringt ihn ihr zurück, sie beißt ihm in die Hand.

»Sannamaria!« schreit er und reibt sich die Hand. »Bringen Sie sie nach Hause!« sagt er zu mir. Alice bellt wie verrückt, noch immer auf dem Rücken, einen Block weiter heult eine Sirene die Park Avenue entlang, der Junge und der Fette nehmen den alten Mann am Ellenbogen, gehen schnell den Block hinauf, zurück ins Logierhaus.

Es ist jetzt still auf der Lexington, nur meine Frau Alice liegt auf dem Bürgersteig vor der Synagoge und spielt noch immer einen Hund, der sich totstellen spielt. Was würde Harold Bamberg sagen, mit Pfeife oder ohne? »Wenn jemand schizo sein will, soll man es ihm nicht ausreden, sondern ihn darin bestärken.« Also zünde ich mir eine Zigarette an und blicke hinunter auf meinen Hund.

»Sind sie weg?« fragt sie.

»Ja.«

»Fröhliche Pfingsten!« Sie bewegt sich. »Ich glaube, sie haben mir die Pfote gebrochen.« Sie erhebt sich schattenboxend. »Ich werds ihnen zeigen, ich werde sie in Stücke reißen.«

»Ruhig Blut, Alice.«

»Sie haben mir den Ring weggenommen.« Linke Gerade, rechter Haken, linker Aufwärtshaken, eine hübsche Kombination.

»Du hast ihn ihnen gegeben, Alice.«

»Ich weiß, was ich weiß. Wenn das kein Überfall war! Das sollen sie mir büßen. Ich sage dir, dieses Viertel verkommt. Vorigen Sonntag haben sie Mrs. Haas' Topfpalmen entweiht.« Sie hört auf mit dem Schattenboxen. »Sie wässern unsere Gräber.«

»Ja, Alice, auf Mrs. Haas' Topfpalmen sollten sie wirklich nicht pinkeln.«

»Ich rufe die Polizei«, sagt sie nachdenklich. »Ich habe nicht vor, sie wegen eines schäbigen Ringes anzuzeigen. Es war mein Ehering! So? Ach!« Sie geht hin und her. »Ich werde mich hüten, die Bullen auf sie zu hetzen, damit sie durch dieses Logierhaus trampeln und alles niedermähen, was eine falsche Bewegung macht. Sollen sie doch da einfallen mit ihren Flammenwerfern!« Sie schreit. »Bist du mal in dem Logierhaus gewesen? Zehn Mann in einem Zimmer, die Ratten lugen durch die Ritzen, und vom Hudson bläst der eisige Wind herein. Sie sollten es mit einem Bulldozer niederwalzen!« Sie hört auf zu schreien und klopft mir aufmunternd auf den Rücken. »Ich werde mich darum kümmern, Arthur.«

»Gehen wir nach Hause.«

»Du bleibst, wo du bist.« Sie stößt mich zurück. »Und ich hole meinen Ring, Tiffany-Platin, in Liebe Ewig Dein. Unterbrich mich nicht, Arthur, ich werde dich diesem Abschaum doch nicht ausliefern, die werden dich steinigen, dich bei deinen Pfoten packen und deinen Kopf gegen die Wand schmettern, ich gehe allein, vorbei an diesen Niggern, die vor dem Pissoir warten, na los, schlagt ruhig zu, ist mir doch egal, ich nenne 'nen Bimbo 'nen Bimbo. Und ich werde zu ihnen sagen, Freunde, ein Ring ist verlorengegangen, ich beschuldige niemanden, regeln wir das in Freundschaft, ich will meinen Ring wiederhaben, ihr Scheißbande, oder ich mache Hackfleisch aus euch, laß mich ausreden!« Sie hält mich im Polizeigriff, flüstert, ihr Atem riecht nach Hundefutter. »Weißt du, wer in diesem Logierhaus wohnt? Huren, Zuhälter, Junkies, Bombenleger. Die Frauen sitzen rehäugig in den Fenstern und warten nur auf die Gelegenheit, einem ein Bügeleisen auf den Schädel zu werfen. Die feiern Orgien auf unserem Dach, wußtest du das? Gott weiß, wie sie da raufkommen, Scheiße, das müssen richtige Akrobaten sein, sie klettern die Feuerleiter rauf, springen hinüber auf das Haus und über den zwei Meter hohen Stacheldraht, den der verstorbene Mr. Haas im vorigen Sommer errichtet hat. Sonntag habe ich zwölf leere Hustensaftflaschen zwischen unseren Schornsteinen gezählt. Es ist Bürgerkrieg, sage ich dir. Wer hat sich am Jungen der Maloneys vergangen, weil er ihn für ein Mädchen hielt? Wie ist Dr. Bagel gestorben? Auf dem Boden seines eigenen Fahrstuhls zusammengebrochen, während das allzeit-präsente-elektronische-Fernsehauge außer Betrieb war, ein Küchenmesser, soo lang, ragte aus seinem Bauch. Bist du kürzlich mal mit der U-Bahn gefahren ? Auf jedem Poster sind die Augen ausgestochen, aufhetzendes Gekritzel, wohin man sieht, Kampf der Umweltverschmutzung! Eßt eine Taube! Dracula saugt! Amis raus! im Herzen Manhattans, und hör zu!« Sie vergräbt ihren Mund in meinem Ohr. »Behalt es für dich, aber gestern nacht sind drei kleine schwarze Mädchen in makellosen weißen Spitzenkleidern den ganzen Block entlanggegangen und haben jedes makellose weiße Haus mit einem Kreuz markiert.«

In der 94. Straße rollt ein Ascheimer holterdiepolter die Straße entlang. »Faß, Alice!« brüllt sie. »Faß!« Sie rennt schattenboxend weg, kommt wichtigtuerisch stolzierend zurück. »Was sagst du dazu?« Hast du mich gesehen? Hast du gesehen, wie ich sie den Block entlanggehetzt habe, umzingelt wie ich war? Jetzt weißt du, warum unser Haus das einzige in diesem Block ist, das noch nicht ausgeraubt wurde. Jetzt weißt du, wozu du mich brauchst.« Sie zieht eine schaurige Fratze. »In diesem Viertel kennt man mich als Iwan den Schrecklichen Zweiter Teil.« Sie plumpst nieder, rutscht auf dem Hintern. »Entschuldigung.« Sie hört auf zu rutschen, sieht in Richtung Harlem. »Mein Gott, ist es dunkel dort draußen.« Sie schielt an ihrer Nase herunter. »Ich hab sie gebissen.« Sie ist jetzt ruhiger geworden. »Ich habe meine Zähne dreißig Zentimeter tief in ihre kleinen schwarzen Hintern gegraben. Ich bin der verdammt beste Polizeihund auf dem Hellgate Hill, mein Mund trieft.« Sie lächelt und wischt den Geifer ab. »Arthur, Liebling, du weißt sehr gut, daß ich mein Lebtag noch niemanden gebissen habe. Ich lasse sie nur meinen Atem spüren, das ist alles.« Lächeln aus. »Ich bin ein Killer.« Lächeln an. »Oh, ich bin der Heilige Schreck persönlich.« Lächeln aus. »Arthur, weißt du, was mit verrückten Hunden geschieht?«

»Sie kommen in die Klapsmühle.«

»Sie werden erschossen.« Aus ihrem Ärmel taucht die Wasserpistole auf, die ich dem Jungen geschenkt habe, als sein Held nicht Marcuse, sondern Hopalong Cassidy war.

»Herr im Himmel, Alice, wo hast du diese Pistole her?«

»Was für eine Pistole?« fragt sie entrüstet. »Hab in meinem Leben keine Pistole besessen. Würde solchen Dreck nicht anrühren. Bin stolz darauf, der einzige Grundstücksbesitzer in dieser Straße zu sein, der keine Pistole besitzt, hab sie vor zwei Tagen gekauft.« Sie zeigt in die Dunkelheit, verspritzt ein paar Wassertropfen. »Glaubst du, ich gehe nachts aus ohne Pistole? Ich bin doch nicht lebensmüde.« Sie sieht hinunter auf die Mündung. »An unserem Haus sollte außen ein Schild sein ›Vorsicht, bissiger Mensch‹.« Sie spritzt sich ins Gesicht, fröstelt, silberne Tropfen glänzen auf ihrem verzerrten Gesicht. »Leg deine Arme um mich.« Das tue ich. Sie kuschelt sich in meinen Schoß. Wir sehen uns den Mond an. »So haben wir lange nicht gesessen, nicht wahr, Arthur, ich in deinen Armen, nicht seit dem 4. Juli in den Berkshires, weißt du noch?«

»Ja.«

»Du hast bei Sternenlicht gegrillt. Der Himmel war wie ein kleiner Krieg, und ich saß zitternd auf deinen Knien, ich hatte immer Angst vor plötzlichen Geräuschen, aber es machte mir nichts aus, wenn ich auf deinen Knien sitzen durfte. Ich sage nicht, daß alles eitel Sonnenschein war. Ein Fisch im Stockbridge-Teich biß mir in die Brustwarze, weil er sie für ein koscheres Frankfurter Würstchen hielt, womit ihn dieser Bostoner Sinfonieflötist zu füttern pflegte. Da bist du für mich eingetreten, Arthur. Da warst du großartig! Noch am selben Tag hast du diesen kleinen Mistkerl gefangen, aber als er zuckend auf dem Floß lag und sein Mund vom Angelhaken blutete, sagte ich zu dir: Hab Erbarmen mit ihm, hab Erbarmen mit seiner Seele, und da hast du ihn zurück ins Wasser geworfen. Sieh dir den Mond an, Arthur.«

»Ja.«

Sie heult zum Mond hinauf, mit zitterndem Kinn.

»Das kannst du sehr gut«, sage ich.

»Ach ja«, sagt sie. »Es sind nicht viele von uns Heulern übriggeblieben.«

»Bring es mir bei.«

Das tut sie, wir heulen zusammen den Mond an, mit zitterndem Kinn.

XI

Wo waren wir? Hier sind wir. Wer sind Sie? Eine Dame mit einem Medusengesicht zum Beispiel. Oder ein bebrillter Gentleman, der mal eben halt gemacht hat, sagen wir, bei Doubleday auf der Fifth Avenue, hereingetrieben vom Regen, sagen wir mal, um dieses Buch in die Hand zu nehmen, warum nicht, um es irgendwo zu öffnen. »Wo waren wir? Hier sind wir. Etcetera.« Ich bin in diesem kahlen Zimmer im Chelsea Hotel, gegen Kissen gestützt, trage einen grauen Trainingsanzug, kratze mich am Kinn, jede kleine Bewegung hat ihre eigene Bedeutung, wie es in dem alten Song heißt, und schreibe: »Wo waren wir? Hier sind wir.« Ich weiß, ich breche mit allen erzählerischen Regeln, aber ich selber zerbreche ja auch, blöde Redewendung. Wie kann ich es wagen, Sie, wer immer Sie sind, in diesen makabren Witz hineinzuziehen, ich brauche Sie doch für meine Illusion der Unsterblichkeit, haben Sie mich verstanden? Sie werden mich lesen, lange nachdem ich gestorben und begraben bin, den Teufel werden Sie, wahrscheinlich haben Sie mich schon lange zugeschlagen und sind, sagen wir, zurück in den Regen gewandert, kommen Sie zurück, lesen Sie mich, retten Sie mich, keine Antwort. Was geschieht mit Büchern, die niemand liest? Sie nehmen Staub an primo, vergilben secondo, werden zu Pappmache zerhäckselt terzo, werden zu Leben erweckt, sagen wir, in Form von Klopapier, nichts geht verloren in der Natur, die Moleküle ordnen sich neu, Arthur, ehemals Prince, erscheint eines Tages, sagen wir, als brennender Busch, eine delikate biblische Anspielung. Was ist bloß aus Arthur geworden ? Ist wie verwandelt, sagt meine Mutter Bella, auch ein Trost. Kommen Sie zurück! Ich verspreche, die Bruchstücke aufzuheben und wieder zusammenzusetzen, selbst wenn sie nicht passen. Na schön, also heute sind es 25 Stunden her, daß Alice sich in einen Hund verwandelt hat, jetzt bin ich dran mit Ausflippen im »Lox-and-Bagel«, einer Plastikfreßbude, fluoreszierend-grün, am Central Park West, wo sonst, dem Treffpunkt nach so manch tränenreichem Gruppenrupfen um die Ecke von Harold Bambergs Praxis, ein Klischee pro Tag den Arzt vertreiben mag, mein Innen und Außen, von meiner Grammatik ganz zu schweigen, ist so verkorkst, daß ich nicht mal sagen kann, ob es das Äußere meines Inneren ist oder vice versa, fluoreszierend-grün vor diesem matschigen Teebeutel auf der Untertasse. Ich habe gerade ein paar lox und bagel intus, nicht unlogisch, was? Ich bin high von Amandas dritter Pille und entwickle einige interessante Symptome. Meine Hand zum Beispiel, die im Plastiktisch vergraben liegt, hebt sich und reibt mein linkes Auge, aber es ist nicht meine Hand, es ist die Hand meines Bruders Al, die rundlicher war als meine und voller Sommersprossen, sie zwickt mir in die Wange, wie Al es zu tun pflegte, fällt auf den Tisch, liegt dort rundlich-grün wie die meines Bruders Al auf dem Küchenboden, nachdem er sein Leben ausgehaucht hatte, Herzinfarkt, in meinem Schoß. Dann sehe ich in den Spiegel und strecke mir die Zunge heraus, nicht uninteressant, wer ist das in dem Spiegel? Oder ich nehme meine goldgefaßte Brille ab, ich trage niemals eine Brille, goldgefaßt oder nicht, mein Vater ja, aha, setzte sie des öfteren ab, wie ich es jetzt tue, meine Augen kneisten kurzsichtig, wie seine Augen es taten, ich ziehe mein Hemd aus der Hose und reinige die Gläser, wie er es tun würde, sehr interessant, aber ich trage gar kein Hemd, nur einen Pullover mit V-Ausschnitt, ich sehe meinen Vater im Spiegel an, er sieht zurück, ich betaste mein Gesicht, hätte mich rasieren sollen, meine Stoppeln wachsen an zu tropischen Farnen, überwuchern das Lokal, Papageien flattern umher, nicht uninteressant, durch die Palmwedel starrt ein Affe, ich nehme den matschigen Teebeutel auf, in Wirklichkeit ist es meine Gallenblase, erfolgreich entfernt, fluoreszierend-grün, die Steine klicken und klacken, während ich die Blase vor meinen goldumränderten Augen baumeln lasse, als niemand anderes eintritt auf O-Beinen in Flanell als Harold der Bamberg, unter weichem runden Filzhut, der zu seinem weichen runden Gesicht paßt, in einem Tweedsakko, was sonst, um aller Welt zu demonstrieren, daß er ein authentischer New Yorker Egghead ist, der alle Antworten kennt außer der einen, nämlich wie mir zu helfen ist. Er wird von diesem Hund gezogen, was zum Teufel tun alle diese Hunde in meinem Leben oder was davon übrig ist, am Vorabend einer harmlosen Operation, so was gibts gar nicht in meinem Alter, einen Hund namens Mamie, den er nach Pawlow andersrum dressiert, streichelt sie, wenn sie auf den Perser seiner Frau pinkelt, schlägt sie, wenn sie es nicht tut, niemand soll dem Bamberg nachsagen, er halte es mit dem Scheiß-Establishment, an seinen Patienten würde er alles mal ausprobieren, einmal mindestens.

Er setzt sich, ein Zucken in seiner Schweinchenwange, als wolle er mir zuzwinkern, der Hund schnappt nach meinem Knöchel, Harold belohnt ihn mit Ohrenkraulen, bestellt einen doppelten Cheeseburger mit Beilage, stopft seine Pfeife mit nikotingelben Fingern, sein Hawaiihemd ist eine Beleidigung für den Tweed, was soll ich mit diesem Pfau von Psychiater, der mich dahin bringen will, daß ich ihn versohle, nein danke, ohne mich, die Kellnerin wirft den Teebeutel in meine Tasse, räumt beides ab, es regnet. Alice gehts gut, sagt Harold, sie hat sich prima abreagiert mit der Hundenummer, alles in Butter, sie wird die nächsten paar Nächte bei den Bambergs schlafen, ach wirklich, Shirley wird sich um sie kümmern, dein Junge ist auch da, liest Grass, ach wirklich, also kein Grund zur Sorge, Arthur, an deine Frau werd ich mich auch nicht ranmachen, o vielen Dank, ich unterziehe sie einer Modifizierten Kaukasischen Schlafkur, einer was? die Russen erzielen fabelhafte Ergebnisse, indem sie ihre Katatoniker für sechs, vielleicht sieben Monate in Tiefschlaf versetzen, ohne Flachs, die Pfeife ist angezündet, geht aus, er zündet sie wieder an, stößt Rauch aus, nicht unlogisch, zuckt mit der linken Wange, der Regen ist laut.

»Bist du high?« fragt er.

»Amanda hat mir was Tolles zum Bedröhnen gegeben.«

»Ja, das sehe ich.« Er zwinkert in professionellem Know-how.

»Wieso siehst du das, Harold?«

»Deine Augen sind wie schlierige Windschutzscheiben.«

»Übersät mit blutigen Fliegenleichen wie auf dem Taconic Parkway in einer heißen Sommernacht?«

»So ungefähr.«

»Wir führen eine angeregte Unterhaltung, stimmts, Harold?«

Wenn Sie sich langweilen, überschlagen Sie die Seite, okay?

»Du bist ein Dummkopf«, sagt Harold sanft, »dich eine Nacht vor der … zu sedieren.«

»Kümmere dich um deinen Mist, Doc«, unterbreche ich ihn mit einer plötzlichen Heftigkeit, wie Graham Greene es einmal ausgedrückt hat.

»Schon gut, schon gut.« Er lächelt, eine Pause, der Cheeseburger kommt, er fällt drüber her. »Was kann ich also für dich tun?« fragt er mit vollem Mund, eine Zwiebel hängt heraus.

Nichts.

»Wie gehts der Gruppe, Harold?«

Er zwinkert wissend anstelle des orthodox-freudianischen Hmmhmmm. »Da du schon fragst, sie haben eben jetzt einen mini Marathon.«

»Ohne dich?«

»Nein, nicht ohne mich, sie machen gerade eine Pause«, erklärt er. »Susie macht gerade ein paar bioenergetische Atemübungen mit ihnen.«

»Wie lieb.«

»Willst du nicht mal für ein Stündchen vorbeischauen?« fragt er.

Darauf habe ich schon gewartet. »Ich brauche eine Gruppe wie ein Loch im Kopf«, sage ich, blöde Redewendung, ein Loch im Kopf brauche ich ja.

»Wär gut für dich, Arthur, es geht um dein Leben oder was davon übrig ist.«

Sprühender Dialog, wie? er mampft wie ein Schwein, im Spiegel kommt ein Klecks auf mich zu, verläuft wie Tinte, mir scheint, ich werde verrückt.

»Du sollst wissen«, fährt er fort, »daß die Gruppe dich vermißt hat.«

»Ach ja?«

»Sie fänden es gut, wenn du vorbeikämst, damit sie dir Adieu sagen können.«

Harolds Rede ist voller boiings! heute abend.

»Adieu, was für ein Adieu, wir haben uns vor sechs Monaten Adieu gesagt.«

Es geht nichts über eine kleine Information, um den Topf am Kochen zu halten, in Gänsefüßchen, der Leser will wissen, wo er ist, schön, ich sag Ihnen, lieber Leser, wo Sie sind, ein paar zwanzig Seiten, bevor man mich aufschlitzt, da sind Sie, also bleiben Sie mir vom Hals, diese beißenden Bemerkungen sind gewisse Anzeichen fortgeschrittener Dementia.

»Arthur«, Harold hebt eine Arschbacke, um einen Furz fahren zu lassen, der Hund setzt sich auf, legt den Kopf schief, was war das? das war ein bumm, wie die Leute während des Londoner Witz geblitzelt haben. »Die Gruppe ist menschlich echt besorgt um dich, Komma, du legst dich morgen unters Messer, Komma, oder nicht, Fragezeichen.«

»Na und?«

»Man kann nie wissen, Arthur.« Gerunzelte Augenbrauen in echt menschlicher Sorge.

»Oh, vielen Dank.«

»Wer ist dein Anästhesist?«

»Ein Zauberkünstler namens Rothstein.«

»Ach der«, Harolds Laune verfinstert sich zusehends. »Das ist doch der Einfaltspinsel, der Lew Brancusi zur Schnecke gemacht hat.

»Ach wirklich?«

»Ach wirklich.«

Vom Cheeseburger ist nichts übrig außer seinem Gestank. Also hier wären wir, wir drei, auf dem Weg zu Harolds Praxis, Mamie zerrt an der Leine, gibt krächzende Würgelaute von sich, weigert sich, zu pinkeln, blöd ist sie nicht, wir biegen um die Ecke, es regnet den warmen öligen New Yorker Regen, wir biegen um die Ecke, ein flüchtiger Blick auf im Park entlangstreichende Tunten, zwei von ihnen nehmen an einer Bank Blickkontakt auf, ein Busch öffnet seine Zweige und schließt sie bebend. Der Pförtner, wieso erinnert der sich an mich? sagt: »Hallo, Mr. Prince!« mit einer warmen öligen Abschiedsstimme. Ich befinde mich in einem Komplott, geschmiedet von Harold, dem Pförtner, der Gruppe, Lee Strasberg und Barbra Streisand, all jenen Berühmtheiten, die am Central Park West dahinsiechen, dreißig Stockwerke über den Strichern, ein abgekartetes Spiel, wie sie diese warmen öligen Stimmen aufsetzen: Adieu, Arthur, morgen kommst du unters Messer und wirst nie mehr aufwachen. Ich kann sie mir beim Frühstück vorstellen. Sie schlagen die *Times* auf. Eine kurze Todesanzeige. Arthur Prince, nach kurzer schwerer Krankheit wieder zu Staub geworden. Schrieb einen kurzen Roman, der in den *Hackensack News* ein Kopfnicken bekam, über einen Gattenmörder, versteht sich. Übersiedelte nach Westen ins Heuschreckenland, wird Zweiter Direktor des Story Department bei einem der Großen, steigt aus, geht zurück nach Osten, verkauft Versicherungspolicen, bester Salesman des Jahres 61, ergebener Ehegatte, liebender Vater, brillanter Geschäftemacher, der mit Charme Showbiz-Größen und -Kleinen das Blut aussaugt, ruhe er in Frieden und keine Blumen bitte. Das wärs im Großen Ganzen. Joe Spritz läßt mit warmer öliger Stimme die Grabrede vom Stapel, und ich zitiere: »Als Junge pflegte er kleine Zettel auf alle Vortreppen in der Nachbarschaft zu legen: ›An jeden, der dies findet – ich liebe dich‹.«

Die Gruppe liegt auf dem Boden ausgestreckt, eine Modifizierte Römische Orgie, alles wie gehabt. Da ist Janet mit gespreizten Beinen, knabbert an einem Hühnerschenkel, um von Zeit zu Zeit selbigen in ihre sechzig Jahre alte Möse zu versenken, keine große Besserung, soviel steht fest. Sie führt Selbstgespräche. Janet ist das einzige Groupie an der Ostküste, das seit sieben Jahren eine Gruppe besucht und mit niemandem ein Wort wechselt außer mit sich selbst, obwohl mir Harold versichert, daß sie vorige Woche am Ende einer stürmischen Session »Ach?« gesagt haben soll. Auch eine Besserung. Und da ist Sylvia, die jüdische Prinzessin, mit angezogenen Knien in einer Ecke zusammengekauert, sie verharrt, die Arme um ihren Körper geschlungen, in einer Konstruktiven Ruhestellung, ihre umgebaute Nase bebt, sie lächelt leer zu einem feuchten Fleck an der Decke hinauf, schon sehr gebessert, sagte mir Harold bei unserem Gang um die Ecke: vor drei Jahren, als sie in die Gruppe kam, bestand sie hartnäckig darauf, ihre beiden Kinder zu töten, inzwischen bescheidet sie sich mit einem, ist ja reizend, das sie in der Wanne ertränken will anstatt, wie früher, seinen Schädel an der Wand zu zerschmettern. Die gute Sylvia, hab sie einmal für eine schnelle Nummer mitgenommen in ein Motel beim Hawthorne Circle, sie kam auf Zehenspitzen zum Bett, weigerte sich aber, ihre schwarzen Strumpfhosen auszuziehen, wenn ich ihr nicht eine Tiffany-Lampe kaufen würde, den Teufel würde ich, so legte ich mich auf ihre Strumpfhosen, sie protestierte: Arthur, Arthur, die Regeln sagen, daß kein Mitglied der Gruppe ein anderes Mitglied bumsen darf und umgekehrt, wir taten es trotzdem, durch die Strumpfhosen, ein wolliger Alptraum, und auf dem Weg zurück in die Stadt, tief in den Todessitz vergraben, hypnotisiert von den auf uns zufliegenden Scheinwerfern, onanierte sie zweimal, ihre gekappte Nase, die Pfuscharbeit eines Chirurgen aus Baltimore, wird nie zu ihrem sephardischen Gesicht passen. Und neben Harolds Schreibtisch hockt wohlig auf seinen Schenkeln Willy der Weiner in einem Fruit-of-the-Loom-T-Shirt, leckt selig seine Tränen und ruft aus: »Ich kann fühlen, ich kann endlich fühlen!« Kein Wunder, daß er fühlen kann, auf seinem Schoß hat er Susie, splitternackt, burgunderrote Büschel in Achselhöhlen und Muschi, Tausende burgunderrote Sommersprossen blühen auf ihrer herrlichen Haut, ihre Augen schielen vor sarkastischem Vergnügen, kein Wunder, Willys Zeigefinger kitzelt methodisch ihre übergroße Klitoris, na ja, das paßt, er ist Methodistenministrant, seines Amtes enthoben und entkleidet, blöde Redewendung, obwohl mir Harold versichert, daß der Gebrauch des Zeigefingers statt des kleinen klinisch gesehen ein großer Fortschritt ist, na prima, kommt zu Jesus und Halleluja. Zwischen zwei schwarze Lederpuffs hingegossen liegt Floyd, sieht aus wie die Drei Musketiere auf einmal in seinem fließenden Seidenhemd mit Fledermausärmeln, fetter denn je, und meditiert. Er macht Fortschritte, versichert mir Harold, hat die Hoffnung fahrenlassen, nochmal hetero zu werden und akzeptiert stolz sein Schwulsein, echt gut, obwohl Harold ihn einmal dazu brachte, Susie oben auf dem Heißen Stuhl von hinten zu besteigen, kein nennenswerter Erfolg, die Gruppe sah zu, nichts zu machen, Floyds schlaffe Banane streifte nur kurz ihre Hinterbacken und fand nie den Weg in das burgunderrote Arschloch, ein Jammer. Jetzt öffnet er seine Fischaugen, sieht mich, kraxelt auf seine Plattfüße und kommt herangewatschelt, um mich zu umarmen.

»Artie, mein Junge, wie gehts dir so, schön dich dort zu sehen, wo du hingehörst«, schmeichelt er mit einer warmen öligen Stimme und drückt mir einen französischen Kuß in mein linkes Ohr.

»Wie gehts dir, Floyd?«

»Fabelhaft, Artie, mein Junge, hab drei Pfund in einer Woche abgenommen, als ich Herrenhüte für Ohrbach entwarf.«

»Das ist gut.«

»Herrenhüte? Hoffnungslos passé! Symptom Spenglerschen Niederganges! Ach, diese Floydsche Nichtigkeit.« So führt sich Tom Smythe ein, in seinem dreiteiligen Nadelstreifenanzug, die Taschen vollgepfropft mit Esoterik aus den Hainen der Akademie. Smythe, geborener Gligoric, bekannt als die Guillotine, Kritiker der Kritiker, weltberühmt für circa fünfzehn Minuten, als er Brecht einen »ausgebufften Schwindler« genannt hatte. Er verblüfft die Gruppe und die breite Öffentlichkeit mit angelesenen Einzelheiten, die er sich bei seinen wöchentlichen Besuchen in Adlers Buchladen verstohlen abschreibt, sein Palaver ist gepfeffert mit fremdländischen Namen, sein Gesicht verzerrt von der unersättlichen Gier, seine Überlegenheit zu demonstrieren, die er sich während eines Tripper-Jahres in Heidelberg zulegte. »Mein lieber Floyd«, knurrt er jetzt, »du bist hoffnungslos infiziert von dem, was Bloch das Prinzip der Hoffnung nannte.« Und so weiter, wie Adorno es darlegen würde, wie Benjamin gern zu sagen pflegte, wie Heidegger so elegant argumentieren würde, wie ich selbst es schlagend in der kommenden Ausgabe von NYRB beweisen werde. Auch er hat große Fortschritte gemacht, wie Harold mir versichert, in einem abschließenden Essay im *Playboy* wird er Pinter auf die Schulter klopfen, daß er »den Wurm im bourgeoisen Apfel entdeckt hat«, und, o ja, sein Namedropping ist weniger kumpelhaft geworden, na großartig, ich meine, es gab eine Zeit, als Smythe uns alle terrorisierte, indem er sich über, sagen wir, Leo (gemeint ist Tolstoi) oder Dickie (gemeint ist Wagner) erging, sein Gesicht verzog sich verächtlich, wenn wir nicht wußten, wen er meinte mit, zum Beispiel, Henry (den Vierten? den Fünften? den Stendhal? den Miller?). »Abend, Arthur«, sagt er jetzt, nimmt mich am Ellenbogen und führt mich in der Diagonalen durchs Zimmer, denn er liebt es, sein Kritiker-Know-how auszuspielen, indem er Leute nach Maxie (Reinhardt? Rosebloom?) auf der Bühne arrangiert oder, seit neuestem, indem er Ephraims (gemeint ist Lessing) Hamburger Dramaturgie, was immer das bedeuten soll, wieder zum Leben erweckt, und er setzt mich auf einen schwarzen Lederpuff inmitten des Raumes, der den Heißen Stuhl abgibt, die Gruppe formiert sich in einem warmen öligen Kreis um mich.

»Was macht der denn hier?« Diane ist aus dem Bad zurückgekommen, wirbelt ihr indigofarbenes Gewand und trägt einen neuen Modifizierten Auschwitz-Haarschnitt. »Dieses Arschloch soll endlich aus meinem Leben verschwinden.«

»Beruhige dich«, sagt Floyd zu ihr mit aufgerissenen Augen und hofft auf einen deftigen Streit.

»Schmeißt ihn vom Heißen Stuhl«, beharrt sie. »Ich war vor der Pause drauf, und ich habe euch noch nicht fertig erzählt, wie mich mein Stiefvater vergewaltigt hat, als ich sieben war.«

Sie stößt mich vom Puff.

»Ich kann ja gehen«, sage ich zu ihr.

Harold schüttelt hinter seinem Schreibtisch den Kopf.

»Na, dann geh doch, Typ«, sagt Diane, »und mach die Tür leise zu hinter dir.«

Willy setzt mich unter Tränen auf den Puff. »Arthur kommt morgen unters Messer«, weint er.

»Na und?« Diane will sich nicht setzen, lehnt sich an ein Bücherregal. »Ich hoffe, sie schneiden ihm das Herz raus.«

»Starker Tobak.« Das ist Tom Smythe, er war immer ein erbitterter Gegner von Gewalt, in der Kunst oder im Leben.

»Also jetzt mal abgewartet, Fräulein«, sagt Sylvia und begibt sich in den Lotussitz. »Wir haben noch massenhaft Zeit, von deiner Vergewaltigung zu hören. Außerdem haben wir schon ungefähr sechzig Mal von dieser beschissenen Vergewaltigung gehört, und nicht nur, daß es zum Gähnen langweilig ist, ich glaube auch kein Wort davon.«

»Halt die Luft an, du ausgetrocknete Schnalle«, schießt Diane zurück.

»Die Dinge lassen sich an«, bemerkt Susie, noch immer splitterfasernackt.

Harold kriegt seine Pfeife nicht an, kein Pfeifentyp, der nicht, also schmeiß ich ihm eine Camel ohne zu. »Ich hab Arthur gesagt«, sagt er zu Diane, »daß die Gruppe ihm gern Adieu sagen würde.«

»Ach so? Okay. Ist nur fair. Also, adieu, Arthur«, sagt Diane und setzt sich endlich, bleibt aber außerhalb des Kreises. In der Stille drehe ich mich auf dem Sitz. Alle sehen mich an, außer Diane. Okay, ich werds meinem schwarzen Liebchen zeigen, ich werds ihr zeigen, wenn ich nur wüßte, was.

»Ich habe Angst.«

Mit diesem Satz scheinen sie sehr zufrieden. »Arthur ist aufrichtig!« verkündet Willy, tiefgerührt, als sei ich Mickey Rooney, der eben reumütig ins Internat zurückgekehrt ist.

»Der hat sein Leben lang Angst gehabt«, antwortet Diane.

»Laß Arthur zufrieden«, sagt Sylvia zu ihr.

»Nekrophobie«, Tom Smythe hat die Chance ergriffen, einen weiteren angelernten Spruch abzulassen, »ist das einzig wahre Thema für einen ernsthaften Mann über fünfunddreißig.«

Diane macht ein Furzgeräusch. »Wer hat dich gefragt?«

Ich spiele jetzt den charmant-verwirrten Liberalen. »Ich leg mich lieber nicht unters Messer, solange ich Angst habe.«

Diane äfft mein »lieber nicht« ein paarmal nach.

»Arthur ist *sehr* aufrichtig!« predigt Willy und wischt sich mit beiden Händen über das Gesicht.

»Ist doch ganz normal«, läßt Harold sich vernehmen, »daß er Angst hat. In seinem Alter gibts harmlose Operationen gar nicht, aber wie können wir ihm«, er macht eine effektvolle Pause, »in nur einer einzigen Nacht helfen?«

»Du arbeitest doch schnell«, erregt sich Floyd. »Sagst du nicht immer, wie scheißschnell du arbeitest?«

»So schnell arbeitet niemand«, sagt Susie. Sie fröstelt und zieht sich Willys Seersuckerjackett über.

»Wie Ernie Jones bemerkt«, bemerkt Tom, »wurde Mahler von Freud in zwei Stunden am Meer geheilt, an der holländischen Küste, glaube ich, dann kehrte er nach Wien zurück und besorgte es der guten Alma sechsmal hintereinander, während Oskar, ich spreche von Kokoschka, nur zwei Karees weiter in einem Café schmollte.«

»Wie? Was?« sagt Floyd.

»Stimmt«, antwortet Harold, »aber Mahler war impotent und nicht Endstadium.«

Nur die Klimaanlage summt in der Stille.

» O Gott«, sagt Janet zu mir.

Ich sehe Harold an. Er knarrt mit seinem Drehstuhl und zwinkert ganz fürchterlich. »Was versuchst du mir beizubringen, Harold?«

Diane ist in den Kreis getreten, kniet nieder, lehnt sich vor, zeigt ihre Zähne. »Du hast Krebs, Freundchen.«

»Ach ja?«

Jemand zieht Luft durch die Zähne.

»Unser guter Salmon hat mir deinen Krankenbericht gezeigt.«

»Ach?«

»Ach in der Tat.«

»Sehr unhippokratisch von ihm«, sagt Tom.

»Na ja«, ich konzentriere mich auf Dianes Zähne, »darauf habe ich mein Leben lang gewartet.«

»Also jetzt ist es soweit.«

»Manche Menschen«, sagt Floyd, »benutzen die Wahrheit, um einem eins überzubraten.«

Diane schaukelt auf ihren Knien. »Wollt ihr, daß ich lüge? Ist diese Gruppe vielleicht zum Lügen da?«

»Nein«, sage ich zu ihr, »aber sei sanft.«

Sie ignoriert mich. »Er hat ein Ding da drin«, sagt sie in die Runde, »so groß wie ein Baseball, und niemand weiß, ob es das einzige ist.« Jetzt wendet sie sich an mich. »Ist das sanft genug?«

»Nein.«

Sylvia ist aufgestanden, geht zu Diane, schlägt ihr quer über den Mund, niemand rührt sich, sie geht zurück zu ihrem Platz, niemand rührt sich, außer Diane, die sich den Mund wischt, zwischen ihren Zähnen sickert helles Blut hervor. Harold nickt erfreut, beträchtliche Besserung allenthalben, heute abend ist die Gruppe mal wieder richtig in Fahrt.

»Viele Krebse sind heilbar«, intoniert Willy zur Decke hin, wer weiß, Gott könnte ja in diesem feuchten Fleck lauern. Diane läßt den Kopf hängen und schluchzt so echte Schluchzer, wie nur Diane sie schluchzen kann.

»Lakrimosität«, wendet Tom ein, »ist die Plage des amerikanischen Theaters.«

»Die Chancen stehen zehn zu null«, sagt Diane endlich.

»Ein angemessener Schnitt«, tröste ich sie, was sagst du zu meiner unlakrimosen steifen Unterlippe, mein schwarzes Liebchen ?

»Weihnachten bist du tot.«

»Na, das ist doch noch lange hin.«

»Ist es nicht.«

»Wir wollen Arthur schaukeln«, sagt Harold, verläßt seinen Schreibtisch, sie kommen herangekrochen, helfen mir auf den Rücken, ihre Hände schweben wie Vögel über meinem Körper, keine Ahnung, welche wem gehören, außer denen von Diane auf meinem Bauch, atme in meine Hand, flüstert sie, der Bauch entkleistert sich und wächst an zu einem Ballon, ein kleiner Schrei rührt sich wie eine Maus, mein Kiefer verkrampft sich, mein Adamsapfel hüpft auf und ab, Zähne knirschen, aber unter jeder Hand wird die Haut warm, jemand, wahrscheinlich Floyd, riecht nach Aramis und überdeckt damit faulen Atem, leere deinen Kopf, Augenlider pochen, naß an den Rändern, Nabel wird groß, beginnt sich zu heben, sie heben mich langsam, ihr Atem geht stärker, Nasen pressen näher heran, drei Stockwerke hoch, unter dem feuchten Fleck an der Decke, immer höher hinauf, durch eine Tür, hinauf zu einem Baby-Laufstall, den Teufel werd ich, laß dich fallen, laß wen fallen, wer ist wer in diesem Schädel? blöde Redewendung, der alte Spanner, listig wach, beobachtet alles, hört ein Ächzen, fühlt einen Daumen gefährlich nahe an seinem Arschloch, sieht Lichter unter seinen Lidern tanzen und einen Totenschädel, jetzt beginnen sie mich zu wiegen, schaukeln mich vor und zurück, mein Kopf wird flüssig, sickert über seine Grenzen, überflutet das Zimmer, verschluckt das Zimmer, die Gruppe, den feuchten Fleck, Central Park West, den Laufstall, jemand wirft mich in die Luft, das bitte nicht, laßt mich bitte runter, wessen Stimme ist das, nicht meine und doch meine, ich schwebe und hüpfe, Treibgut, klammere mich an was? nehme das Strandgut auf, halte mich daran fest, wer sind ich jetzt? und wo? na ja, mal wieder auf einem dieser Abende in Harolds Praxis, es regnet, die Gruppe schaukelt mich, alles wie gehabt, bald werden sie mich runterlassen, kein Grund zur Besorgnis oder Mutlosigkeit, bald werden wir eine Kaffeeklatschpause machen, so steht die Sache, und so steht es um mich, diese Hölle.

In einem Zimmer im Chelsea, sechs Monate später, im Exil von Alice und Office, bringe ich diese flüssigen Erinnerungen in ein gelbes Notizbuch, höre Stefan Brecht nebenan tippen, wieder bei Hegel angelangt, der gute alte Stefan, sechs mörderische Marlboro-Kippen in einer Untertasse, hier kommt weiteres Treibgut herangeschwemmt, Sie, zum Beispiel, lieber Leser, vielleicht eine Dame mit einem Medusengesicht, versunken vielleicht in die Lektüre dieser Zeilen in der U-Bahn, oder ein bebrillter Gentleman, der mich gerade bei Doubleday in die Hand genommen hat, diese Seite öffnet und liest: »diese Seite öffnet«, und davonschwebt und gegen einen anderen Teil dieses wasserdurchtränkten Hirns stößt, der maskierte Mann, aha, der beim Laufstall ein Baby in die Luft wirft, wer ist wer? das alte Schizoquiz, nichts geht über ein Wortspiel vor dem Ersaufen, wenn wir uns aufbäumen, Schmierer wie Leser, im Inneren meines hydrocephalischen Schädels, ich ganz und ganz ich, so bis über den Tod hinaus, darum geht es hier, nur werden wir Weihnachten alle tot sein, irgendein Weihnachten, wer hat das gesagt? Diane hat das gesagt. Das ist noch lange hin, habe ich gesagt. Nein, hat sie gesagt. Ach ja, habe ich noch gesagt oder sage ich oder werde ich sagen, die Qualität der Zeit ist kalt wie Eis, darf nicht an ihrer Länge gemessen werden, ich war einmal glücklich mit Diane in einer Nacht im Dezember, ungefähr fünf Minuten lang, ein angemessener Schnitt, ein Ausbruch unberechneter Sanftheit, nochmal gerade davongekommen, blöde Redewendung, wir benetzten einander, große Sache, werde Schlagzeilen in *Variety* machen, ART PRINCE FICKT GUT; im letzten schönen Liebesakt unserer Zeit auf Erden, von nichts umringt als von Verzweiflung, die sich zu einem Tumor verdichtet hat, kuschelten wir uns unter feuchte Laken und klammerten uns an das liebe Leben, als versuche jemand, uns auseinanderzureißen, in ihrem Kaltwasserbett im kalten Dezember nahe der Avenue B, ein Hoch dem Gedächtnis, das war wie Sterben, sagte ich und meinte damit unsere kurze Seligkeit, das meine ich ja, sagte sie, wenn Sterben so ist, worauf warten wir noch, sie nahm die Rasierklinge, wozu die Eile, sagte ich, riß ihr die Klinge aus der Hand, wir lagen balgend unter den feuchten Laken und schlabberten uns zu Tode, wir sterben dahin, sagte ich, Glied für Glied, Glaube für Glaube, selbst der Glaube an irgendwelche Glauben, so ist die schicke Scheiße unserer Verzweiflung, banal wie der Hulahopp, mein Schatz, aber die Wahrheit ist, und hier kommt eine hübsche tiefsinnige Aussage, um uns über Wasser zu halten, die Wahrheit ist, daß wir schon tot sind, so tot wie ein Herrenhut, nur Rabbiner tragen Hüte, und Gott ist auch tot, wer braucht den alten Trottel, und die Kirche auch, geschieht ihr recht, von der Revolution ganz zu schweigen, frißt ihre eigenen Eltern, und die Bewegung auch, we shall overcome ganz und gar nichts, und die Liebe ist auch tot, wann hast du das letzte Mal einen guten Liebesfilm gesehen, tot dank der streitbaren Damen und ihrer männerfressenden Kavaliere, Weihnachten werden sie alle tot sein, tot wie die Gewerkschaft der Arbeiter, die Triumphe der Wissenschaft oder die Jugend der Jugend, Schornsteinfeger mit einem Winseln zu Ruß geworden, in einer Galaxie von Tumoren, die in unseren Köpfen im Kosmos herumtanzen, sagte ich, da nahm sie das Leroi-Jones-Paperback und schlug es mir auf die Nase, sei sanft, bat ich sie, der alte judäische Pferdehandel, sei sanft mit mir, und ich werde sanft mit dir sein, oder etwas in der Richtung, ich glaube nicht an Sanftheit, sagte Diane unter den feuchten Laken und zerpflückte Leroi Seite für Seite, er liebt mich, er liebt mich nicht, ich glaube nicht an Kindermädchen und Großmütter, an all die lieben Leut, ich meine, ich glaube nicht, so sagte sie, an Schnuller wie deine Scherze und Schwänze, deine Sprüche, Arthur, deine beschissenen Leitartikel, sagte sie, du klingst immer so, als würdest du jemanden zitieren, sogar wenn du »Hallo« sagst. Wo ist deine Stimme,

Arthur, ich kenne deine Stimme nicht, Arthur, ich höre nur ein ersticktes Blabla aus deiner Luftröhre, und ich glaube deiner steifen Unterlippe nicht, sagte sie, deinem Pokerface, den ganzen kunstvollen Kniffen des braven Judenjungen, der ganzen stählernen Scheiße, die mir sagt, Menschenkinder soll man sehen und nicht hören oder etwas in der Richtung, mein Schwarzsein ist nicht schön, mein Schwarzsein ist ein Schrei. Ach, Arthur, wenn man doch nur die Kinder hören würde, wie deins und meins, das ich zum Klo runtergespült habe, die Hölle ist ein Sandkasten mit einer Million schreiender Kinder, Mama, es tut weh, und statt ihnen zuzuhören, verbietet man ihnen den Mund, und so wachsen sie, wie du, heran zu hüftsteifen Gespenstern, die den Schmerz des Lebens nicht mehr spüren können, den einzigen Schmerz, den wir haben, mein Schatz, und das einzige Leben, und wenn man diesen Schmerz nicht spüren kann, wenn man ihn nicht berühren, riechen, leben kann, verwandelt er sich in einen kleinen Kannibalen, der an deinen Eingeweiden nagt, Arthur, ich bin ein paarmal in der Hölle gewesen, einem kalten Ort, und ich habe dieses Schreien gehört, dieses uralte Schreien, das hätte herauskommen sollen, als es weh tat, fünf Sekunden dieses Schreiens sind eine Generation des Schweigens wert, sagte sie, Schweigen ist der Killer und Schmerz ist das Leben, nicht als Buße und nicht nur für Schwarze und Frauen, nein, für alle euch fabelhaften stahlharten Mordsmannsbilder auch, die die Straßen bevölkern und wie Zeitbomben ticken, sagte sie, oder etwas in der Richtung, unter den feuchten Laken, und tropfte auf meine gekreuzten Knie. Scheinst 'ne Menge Kamuhs gelesen zu haben, sagte ich, wann habe ich das gesagt, und wo sind wir jetzt? Na ja, ist auch egal, zwei Meter hoch in Harolds Praxis schwebend oder schwitzend unter Dianes feuchten Laken oder Notizen machend um drei Uhr nachmittags im Chelsea Hotel oder als Buch aufgenommen bei Doubleday, durch diese Notizen blätternd und über dieser Zeile stutzend: »durch diese Notizen blätternd«, blöde Redewendung, oder in meinem Schädel, der durch die Festung der Vernunft bricht, oder etwas in der Richtung, weit aufbricht, bis mein Astralleib herausplatzt und meine Trauerfeier in Queens überschwemmt, der Junge ist da, in schwarz, adrett, kaugummikauend, Alice auch, im Schleier, très distinguée, ein halbes Dutzend andere, unter Schirmen im Regen, diese ganze Astralscheiße kippt über dem gelben Notizblock aus, Verrücktheit ist nichts als falsche Semantik, und jetzt klopft niemand anderes an die Tür als mein Schmerz. Klopf. Klopf. Wer ist da? Eine Million Schmerzen, zu einem einzigen verdichtet, also sage ich zu den Brüdern und Schwestern, laßt mich vorsichtig runter, damit ich auf festem Boden leiden kann, sie schaukeln mich abwärts, es dauert Ewigkeiten, als triebe ich hinunter auf den Grund des Meeres. Sie drängen sich nahe heran, Vieh im Pferch, eine jüdische Totenwache, nur daß ich nicht tot bin, sondern wiedergeboren in Agonie.

»Wie fühlst du dich jetzt?« fragt Harold, er atmet schnell, kein Pfeifenmann, der nicht, das Schaukeln hat ihn ermüdet, sollte mit Joggen anfangen, der arme Harold, falsches Gefühl, klinisch gesprochen, ich hab ihm immer noch keine verpaßt, werde ich nie.

»Es tut weh.«

»Wo?«

»Hier.«

Eine Hand, muß Harolds sein, liegt warm auf meinem Schmerz. »Schlimm?«

»Ja.«

»Mach ihn schlimmer«, sagt er.

»Schlimmer gehts nicht.«

»Dann laß ihn gehen.«

» Kann nicht.«

»Du meinst, du willst nicht?« Jetzt versucht er die Olle Gestaltkamelle an mir. »Pack ihn dir.«

»Wie, Harold?«

»Werde selber zum Schmerz.«

»Harold, ich mache diese Spielchen nicht mehr mit.«

Dianes Hand gesellt sich zu seiner über meinem Schmerz. »Was anderes hast du doch nie getan, Arthur.«

Meine Wangen beginnen zu zucken, Hommage an das berühmte Bamberger Zucken. Okay, sage ich zu ihnen, ich tu euch den Gefallen, Brüder und Schwestern, ich werde meinen Schmerz spielen, was täte ich nicht, um euch gefällig zu sein. Aber ich glaube nicht daran, ihr macht immer den Hanswurst aus mir, Arthur der Hanswurst, der arme alte weiße Bourgeois-Gentilhomme-Hanswurst, ihr alle erzählt mir ständig, wenn Sie eine kurze soziologische Abschweifung gestatten, du taugst nichts, Arthur, ihr alle; die Sowjets erzählen mir das und die Chinesen und das Vereinigte Gaststättengewerbe, um nur einen Bruchteil der großen Fraternität zu nennen, die Schwarzen selbstverständlich, die Roten, die Braunen, die Blauen und die Jugend natürlich, von den Schwulen und den Damen ganz zu schweigen; du bist ein son of a bitch, sagen sie zu mir, Chavez sagt mir das und Castro, die Rolling Stones auch, die ganze Welt hat mich am Schwanz, alle sagen mir, ich tauge nichts, ich kann nicht fühlen, kann mich nicht einbringen, kann nicht vögeln, kann nicht kommunizieren, kann nicht echt sein, alle ihr fatherfuckers sagt mir das, habt euch in die Rolle meines Opfers begeben mit der dem Opfer eigenen Überlegenheit, ihr seid alle so scheißüberlegen, weil ihr in großartiger Fleißarbeit herausgefunden habt, daß die Ursache all dieses Elends, des Krieges, der Seuchen, der Öl- und Wohnungsknappheit, des Wahnsinns, der Darmträgheit, des Verkehrsstaus auf der Triboro-Brücke oder der zunehmenden Pappigkeit der Morgenbrötchen wessen Fehler ist? Der Fehler des einen Arthur Prince, also warum stellt ihr mich nicht an die Wand und peng? Okay, genug gefaselt, ich tu euch den Gefallen und spiele meinen Schmerz. Hier sitze ich, ein kleiner dummer Schmerz zwischen Leber und Lunge. Ich war ziemlich still während des Tages. Arthur hat mich ausgeknockt mit Amandas Pillen, aber jetzt wache ich auf, ich bin ausgeruht und bereit, an die Arbeit zu gehen. Der Knallkopf hat sich mit lox und bagel vollgestopft, sein Bauch ist gebläht. Junge, dem werd ichs heimzahlen, daß er mich vollgesprudelt hat mit diesen Tums! Ich rühre mich jetzt. Ich wandre umher. Ich entzünde Feuerchen an den Nervenbahnen. Na, wie mach ich das, Leutchen? Der beste Schmerz im Showbiz. Als nächstes kriegt er einen rechten Haken und eine linke Gerade in den Pankreas, wumm! Jetzt wende ich mich dem Gallengang zu. Ich packe die glitschige Röhre mit einem doppelten Nelson und presse den grünlichen Schleim zu seinem Solar Plexus, wo alle nackten Nerven zusammentreffen. Achtet auf meine Fußarbeit, während ich diese nackten Nerven zusammenziehe und sie fester und fester zusammenknote, bis ihm der kalte Schweiß ausbricht. Soll er sich krümmen und keuchen! Ich webe diese Maschen zu einem Gespinst, er kann ein Stöhnen nicht zurückhalten, hört, wie er stöhnt, jetzt hilft nichts mehr, kein Tums, keine Pillen, kein Heizkissen, kein Rülpsen, kein Schaukeln, kein Harold. Ich verzwirne diese oft mißbrauchte Schweinerei und drücke sie in seine Gurgel hinauf. Geschieht ihm recht! Was habe ich nicht alles für ihn getan! Er wäre schon lange tot, wenn ich nicht wäre, der Prophetische Prophylaktische Puckerschmerz. Ich gebe ihm Zeichen, Diät zu halten, aber nein, er hört nicht auf mich. Egal wie stark ich werde, er geht hin und stopft sich voll, sein Mund hört nicht auf, nach mehr zu betteln, unerwiderte Liebe läßt ihn schlingen, also muß ich ihm weh tun auf diese oder jene Art, stechen, drücken, pochen, was solls, er will nicht hören, nicht mal, wenn ich in seine Eingeweide beiße. Eben noch windet er sich vor Qualen oder etwas in der Richtung, gleich darauf ist er wieder auf den Beinen und füllt sich die liebeshungrigen Därme. Wie mache ich meine Sache, Leute?

Tief durchatmen, so machst du sie.

»Aha«, sagt Floyd erfreut, als habe er das Durchatmen erfunden.

»Eine Stille, als sei sie von Sam gemacht«, bemerkt Tom. Welcher Sam? Onkel? Wanamaker? Beckett?

»Ist der Schmerz weg?« fragt Harold und beobachtet meine Atmung wie ein Falke.

»Ja.«

»Danke ihm.«

»Danke dir.«

»Sag ihm auf Wiedersehen«, sagt Diane.

»Auf Wiedersehen, Herr Schmerz.«

Sind wir nicht putzig? Ich setze mich auf und öffne die Augen.

Sie sitzen in einem Kreis, diese selbstgefälligen Arschlöcher, lächeln wie am Heiligen Abend, pack deine Geschenke aus, Artilein! Sie haben mir den Schmerz weggenommen. Was ist mir geblieben? Nichts, ein Frösteln, meine Zähne schnattern, sie hören auf zu lächeln, ich mache ihnen Angst. Wie kommt es, daß ich ihnen solche Angst mache, daß Diane zum Beispiel rückwärts wie ein Krebs in eine Ecke kriecht? Harold zuckt und zwinkert. Was lesen sie in meinem Gesicht? Tom hat sich hinter einen Puff geduckt. »Laß das«, sagt Susie zu mir, öffnet ihre Schenkel und zeigt mir ihre zinnoberrote Möse, um mich zu entwaffnen. Nur Sylvia bewegt sich in der Stille. Sie stößt gegen Harolds Stuhl, der sich trudelnd schräglegt, durchs Zimmer rollt, gegen die Tür kracht, stehenbleibt.

»O Gott«, sagt Janet und knabbert an den Fingernägeln.

»Wer?« Kein Namedropping mehr, bitte, keine Alibis mehr. Mein Kopf baumelt hin und her wie der von Bogey in »Petrified Forest«, und ich ziehe die Pistole, die Wasserpistole des Jungen, sie halten sie für echt, Floyd sieht zum Telefon, ich hab sie da, wo es weh tut. »Der Tod geht um und tötet die Menschen«, sage ich zu ihnen. »Wie ein Mensch, dort draußen. Wie er ist? Ich sag euch, wie er ist, süß und wogend. Das ist literarische Scheiße. Er hat kein Gesicht. Soll ich ihn beschreiben? Manchmal ist er ein Mann auf dem Dach und läßt Hustensaft fallen. Oder eine Nachteule im Baum.« Harold macht eine Bewegung zum Telefon, ich brülle ihn an. »Wag es ja nicht! Sieh ihn dir an, dort drüben!« Ich zeige auf den Drehstuhl an der Tür, sie sehen hinüber. »Seht, dort sitzt er und grinst, als gehöre ihm alles hier. Die Knie übereinandergeschlagen, das Kinn zierlich abgestützt. Er ist weiß, bis auf die Augenhöhlen und die Nase. Alles Knochen, kein Fleisch. Ein glatter Schädel, zerrissen von einem Spalt mit Zähnen. Die Zähne sehen lebendig aus, seine Hand ist kalt. Keine behaarte

Haut zum Hineinkneifen. Faß ihn an, Harold.« Er gehorcht. »Ohne Makel, wie? Sein Arm ist vom Wind poliert. Seine Rippen von den Vögeln saubergepickt. In seinem Becken klafft ein Spalt. Ich frage mich, wie lange er sich noch streicheln läßt von dir. Er könnte dich einfach packen und nie mehr loslassen. Jetzt bewegt er seine elfenbeinernen Knöchel. Er nimmt deine Hand. Da steht ihr, du und der Herr Tod. Sieh nicht in seine Augenhöhlen. Es könnte etwas Weiches darin sein. Er klappert mit den Zähnen. Das sind seine Werkzeuge. Er könnte Hunger haben. Hast du Hunger?«

Harold hat sich auf den Drehstuhl gesetzt.

»Ja«, sagt er.

»Was würdest du denn gern zu dir nehmen?«

»Ich werd dich fressen, Junge«, antwortet er aus dem Mundwinkel im Halbstarken-Slang der Bronx. »Werde kommen und dich holen und dich aufschneiden und zum Abendessen kochen. Niemand wird davonkommen, ihr werdet alle sterben. Es ist das Ende vom Anfang der Straße, Jungchen, und jede Straße führt ins Hier und Jetzt, weil das Königreich des Todes in euch ist, und ich bin der König in diesem Königreich in euch, kapiert?« Harold war schon immer ein frustrierter Schmierenkomödiant, wenn auch nur, um seinen kleinen Bruder Joe zu übertreffen, einen begabten Tänzer. Jetzt zieht er seine Laurence-Olivier-Nummer ab, die Augen himmelwärts gerichtet, die Zunge macht eine Ausbuchtung in einer Wange, seine rechte Hand tastet nach der Krone, nur der Bronx-Dialekt bleibt. »Ich bin in deiner Leber und in deiner Lunge, nicht irgendwo draußen wie irgendeine blöde Eule, es gibt also kein Entrinnen. Ich bin du.« Er steht auf, beginnt einen schlenkernden Schütteltanz, Gene Kelly, pack ein, wer flippt hier eigentlich aus? »Ich habe dich in der Wiege gewiegt«, intoniert er wie sein Onkel, der Kantor, vergessen Lord Olivier. » Ich habe dir Fieber gebracht. Ich saß hinter dir im Auto, ich ließ deinen Reifen platzen im Dezember, ich brachte dich ins Schleudern. Wenn du einschläfst, sorge ich dafür, daß du nicht mehr aufwachst. Ich bin immer um dich gewesen, also behandle mich nicht wie einen Fremden.« Er schlackert herum, wackelt mit dem Hintern. »Heute ist die Party des Jahres. Ich komme jetzt richtig in Fahrt, ich swinge, und der Wind bläst mir durch den Brustkasten, während wir die 241. Straße entlangzuckeln, meine Knochen klappern und hüpfen, und jetzt tanzen wir den Paso doble.« Er hält mich im Arm. »Und den Cakewalk.« Er wechselt jetzt schnell von einem Tanzschritt zum anderen. »Und den Lindy hop, und wir tanzen einen Walzer, Mathilda, meine dünnen kalten Arme um deine Taille gelegt, mein Bauch reibt sich an deinem, und ich presse deinen Pint in meinen kalten Spalt, na los, mach schon, Art, fick mich zu Tode.«

Er pflanzt einen nassen Zungenkuß in meinen Mund. Ich ziehe ihm mit der Wasserpistole meines Jungen so kräftig eins über, daß er über den Schreibtisch fällt und den Kassettenrecorder herunterstößt. Die anderen haben mich gepackt, Susie schreit, Diane schreit, Sylvia schreit, ich spritze mit der Pistole, sie spritzen auseinander und ducken sich, Floyd schlägt meine Hand gegen die Wand, ich lasse die Kinderpistole fallen, Harold springt zurück, kalkweiß im Gesicht, setzt sich auf meine Brust, haut seine kleine Patschhand in meine Zähne, einer bricht heraus, ich spucke ihn aus, ich sehe einige sehr interessante Sternchen, trotzdem reiße ich meine Knie hoch, genau zwischen Harolds Eier, er fällt hintenüber, ein feiner Psychiater das, große Besserung, wir haben eine tolle Session heute abend, endlich hat er erreicht, daß ich ihn schlage, wir müssen jetzt nur noch die Ode an die Freude singen, alles in Butter, und morgen früh kosten die Camel nur noch zwanzig Cent die Schachtel.

»Okay, Junge«, sagt Harold. Jemand steckt ihm die Wasserpistole zu, er drückt sie an meine Schläfe. »Wie möchtest du sterben?«

»Was hast du anzubieten?« frage ich grinsend.

»Einen schnellen Krampf oder ein langsames Ersticken.«

»Wie wärs mit einem langsamen Krampf?« feilsche ich.

Er wirft die Pistole weg, schließt seine kleine Hand um meine Gurgel. »Fertig?«

»Noch nicht ganz.«

»Du bist bereit!« brüllt er. »Du warst immer bereit, du todeslüsterner Arschficker, also mach die Augen zu. Wenn es dunkel wird, wird es dunkel bleiben. Du pfeifst aus dem letzten Loch. Wenn ich bis drei zähle, und die drei wird so lang sein wie deine ganze verkorkste Kindheit in den Catskills, wird dich ein Feuer durchschießen und die ganze Scheiße in deinem Hirn verbrennen, und du wirst weder hier noch sonst irgendwo sein.«

»Warte noch ein bißchen«, feilsche ich noch immer.

»Stirb, verdammt nochmal«, sagt Harold. Er beginnt, mich zum Schein zu würgen, die anderen türmen sich über mich, und die krächzende Stimme dieses ehemaligen Zweiten Direktors des Story Department West Coast dröhnt wie ein Orson-Welles-Commercial in meinem Kopf, alles in Ordnung, Leute, ist nur ein Spiel, Harold macht die olle Reich-Kacke mit mir, läßt mich mein Ableben ausleben, damit die Angst davor verschwindet, aber die dröhnende Stimme verebbt. Asche jetzt. Sechs Tonnen von Dreck und Blumen auf meiner Brust.

Die Würmer sind gekommen und gegangen, meine Knochen sind sauber, mein Grab vernachlässigt, der Grabstein hat sich zu senken begonnen, mein Haus ist weißgewaschen für einen neuen Mieter, meine Kleider verrotten in einem Keller der Heilsarmee, niemand erwähnt meinen Namen, alles, was ich getan habe, ist vergessen, ich bin ohnehin nie gewesen, und jetzt bin ich tot wie ein Türnagel oder der Doktor.«

»Was hast du eben gesagt?«

»Doktor, Doktor, wer?«

Stimmen jenseits des Grabes. Der Doktor ist tot, ich erwähne es nur, weil Ärzte ewig leben sollten. Apropos tote Ärzte, Dr. Printz ist tot. Wer? Na, Daddy Doktor Printz, nach sechs Monaten langsamen Erstickens hustete er seinen Geist in der Abenddämmerung aus, in der Stunde der Fernsehwitzchen, zur Hauptsendezeit, während Bob Hope auf irgendeiner improvisierten Bühne in Vietnam im Regen tanzte. Entschuldigt mein Kichern, aber Daddy Doktor Morton Printz war ein spaßiger Mann, der niemals Spaß hatte. Er sah spaßig aus und lebte spaßig und starb spaßig und wurde spaßig begraben. Als der Sarg aus der Konfessionslosen Kapelle gerollt wurde, während die Sonne hinter dem kitschig-bunten Fenster mit dem »Letzten Abendmahl« unterging, gefolgt von einem schwarzen gelangweilten Grüppchen Trauernder, nicht zu vielen, ich selbst preßte einen Kicheranfall hinunter in meinen Bauch, wo jetzt mein Tumor sitzt, da stolperte einer der Sargbegleiter, und der Sarg machte sich auf seinen Gummirollen selbständig, rollte washastduwaskannstdu das Elysische Feld hinunter. Los, los, lieb Väterlein, breite deine Schwingen aus und fliege weg! Er krachte gegen einen Marmorstein, der Sarg öffnete sich, und er bäumte sich auf in seinem schwarzen Alpaka-Anzug, herausgeputzt wie eine japanische Nutte, ein spaßiger Mann im Regen. Darf ich lachen?

Frag nicht mich, frag ihn, sagt Harold jenseits des Grabes.

Du sahst komisch aus, Dad, ein komischer Dad, ein großer hagerer Herr, nein Hund, mit treuen Hundeaugen. Sechs leidensvolle Monate, in denen du langsam ersticktest, durfte ich nicht lachen. Komisch, daß du fünfundzwanzig Jahre an der Schlafkrankheit gelitten hast, einschliefst inmitten einer Konsultation, einer Operation, eines Mittagessens, eines Satzes, eines Ficks. Komisch, daß du versuchtest, jede Krankenschwester zu vögeln und einschliefst, bevor du kamst, und komisch, daß Mutter mir immer wieder sagte, klopf an, mein Schatz, bevor du zu Pa in die Praxis gehst, man weiß nie, was darin vorgeht. Also, Leute, ich sag euch, was darin vorgeht. Dad, in seinem weißen Kittel, schnarcht im Drehstuhl oder schnarcht mit einer Urinprobe in der Hand oder schnarcht mit heruntergelassenen Hosen, mit noch steifem Schwanz, in die kleine haarige Möse einer Krankenschwester, schnarcht mit seinen weit aufgerissenen Hundeaugen, bis er mit einem Grunzer zusammenfährt und wach wird. Bin mein ganzes Leben lang auf Zehenspitzen gegangen, hab mein ganzes Leben lang leise gesprochen aus Angst, ihn zu wecken. Wer sonst hatte einen Vater, der die Kindheit seines Sohnes verschlafen hat?

Kann dich nicht verstehen.

Sprich lauter, Arthur.

Mein Mund ist taub.

Sag ihm das.

Dad, mein Mund ist taub. Kannst du mich hören, schsch, mein Schatz, Dad schläft. Hat sich einen afrikanischen Virus eingefangen, als er Pygmäen heilte, er neigt dazu, in jeder Lage einzuschlafen. Dad, bist du wach? Dad schläft. D-dad, ich m-muß mit d-dir sprechen. Was ist denn mit dem Jungen los, seit wann stottert er? Mein Hals tut weh, Dad. Dad wird sich um deinen Hals kümmern, mein Schatz. Dad ist ein Zauberkünstler mit Tonsillen, und die Tonsillen müssen raus. Was sind Tonsillen, Ma? Ma geht mit mir die 73. Straße entlang. Durch einen Seiteneingang ins Haus. Die Sprechstunde ist vorüber. Die Schwester mit der kleinen Möse ist nach Hause gegangen. Kein Patient in Sicht, nur dieses Jungchen mit seinem neuen Baseballhandschuh, einem Bestechungspräsent. Dad döst in seinem Drehstuhl. Wir warten, bis er sich wachgegrunzt hat. Die Hundeaugen blinzeln, feucht umrändert. Ma nimmt mich auf den Schoß. Wird ein bißchen weh tun. Wenn du ein braver Junge und still bist, sei still! und Dad diese eitrigen Mandeln rausnehmen läßt, schenke ich dir ein Segelboot, einen Negerkuß und den lebenslangen Fluch, ein braver Junge zu sein. Sie hält mich umklammert. Er klappert mit Skalpellen und Kneifzangen. Er betupft meinen Hals mit Jod. Warum haben sie mich nicht gewarnt vor dem Feuer, die brennenden Zangen entfachen eine Feuersbrunst in meinem Hals, mein ganzer Mund steht in Flammen, Flammen schießen durch meinen Kopf, mein Schlund ist versengtes, zerrissenes Fleisch, und auf halbem Wege durch mein dummes schweigendes Unglück schläft Dad wieder ein. Du bist eingeschlafen, du blödes Arschloch, du Schlächter, und die Flammen züngeln an meinem Gaumen, ich versuche zu schreien, das Feuer verbrennt mir den Gaumen, mein Mund ist aus Feuer, Feuer, Feuer! Mach es aus, Ma! Mach es aus. Kein Atem. Alles weggebrannt. Kannst du mich hören? Natürlich nicht. Ich darf ja nicht laut sprechen, brave kleine Judenjungen sind keine Schreihälse, wie die Gojim behaupten, wenn du um Hilfe rufst, tu es leise oder du weckst Dad. Hilfe, flüsternd, Hilfe, ich bin in einer chinesischen Bäckerei gefangen oder in Alices Schoß, dasselbe. Hilfe, die Polackenkinder haben mich auf der Second Avenue eingekreist, schwingen ihre Fahrradketten. Hilfe, ich mach mir in meine Knickerbocker im Kindergarten. Hilfe, im Kleiderschrank ist ein Hundemensch, Hilfe, mir ist kalt. Ach, ist mir kalt. Mir ist kalt, Dad, todeskalt. Mir war warm. Vor langer Zeit. Ich war an einem warmen Ort und tummelte mich in warmen Wassern. In meinem sechsten Monat fickte er mich ins Leben. Dort liege ich, behaglich wie ein Furz, mit angezogenen Knien, ich bin im sechsten Monat und kann das Trampeln hören. Gottchen wandelt durch den Garten. Arthur, wo bist du-du? Sie stützt sich auf alle viere, damit er mich nicht zerdrückt in ihrem großen warmen Leib. Er besteigt sie wie eine Hündin, und ich fühle seinen großen Schwanz an die Tür klopfen und drinnen explodieren, und ich höre sein Grunzen, und er schläft noch ein in ihr, er ergießt sich, ein Wunder, daß ich nicht ertrunken bin in all dem Zeug. Die Nacht ist ruhig. Ich wälze mich im warmen Wasser, Kopf nach unten, ich bin das Prinzenbaby, der Prinz des Lichtes und der Liebe in seinem sechsten Monat minus, noch nicht bereit, herauszukommen und als Präsident zu kandidieren. Ich bin glücklich, Dad, ich war glücklich, ich bin warm im Dunkeln, drehe mich langsam herum. Dann kommt die Scheiße ins Rollen. Die warmen Wasser fangen an zu wogen und zu zittern, ein submarines Erdbeben, ich zittere mit den Zuckungen dieser warmen Welt. Die glitschigen Wände zucken, wanken, beben. Was passiert? Was ist das ? Was geschieht mit mir? Ein Krampf zuckt durch die Welt und will nicht enden. Ich werde durch diesen apokalyptischen Tunnel gepreßt, der kalten Welt entgegen, für die ich noch nicht bereit bin. Ich versuche, mich festzuhalten. Ich klammere mich an die glitschigen Wände, aber meine tauben kleinen Hände finden keinen Halt, sie gleiten an den schleimigen Wänden ab. Niemand hat mich gefragt, ob ich geboren werden wollte. Meine Zeit war noch nicht gekommen. Laßt mich hier, ich bin noch nicht soweit, ich möchte in den warmen Wassern bleiben, aber das Beben zerrt mich, preßt mich dem Wind entgegen. Du stehst auf … im Halbschlaf, um bei meiner Entbindung zu helfen, und du dort, mit deinem großen warmen Leib, du liegst da, mit weit gespreizten Beinen, und preßt meinen kotigen Kopf der kalten Welt entgegen, und du, du hundsgesichtige Kanaille, der du meine Mutter gevögelt hast, du packst meinen Kopf, besudelt mit Blut und Schleim, und zerrst und ziehst, und sie preßt mit aller Muttermacht, und jetzt fühle ich den Wind durch meine Ohren blasen, während ihr zwei Schweine, ihr zwei schrecklichen schamlosen Schweine gemeinsam, zwei gegen einen, zerrt und preßt, und jetzt bin ich halb draußen. Laßt mich hier, laßt mich hier, laßt mich nicht raus! Mein ganzes Leben war ein einziges Zögern, geboren zu werden.

Ich blicke auf meine Hand.

»Was ist das?«

»Eine Hand«, sagt Harold und legt sich neben mich.

Außerordentlich, eine lebendige Hand. »Wozu ist sie da?«

Er wischt mein Gesicht ab. O Gott, es ist schön, zu sein.

XII

Weißer Raum, drei Betten, die man schrägstellen, hochkurbeln, desinfizieren und, wenn alles schiefgeht, zur Seite kippen kann, um einen leicht in den Plastiksack zu befördern und für immer zuzuschweißen. Genug an Lokalkolorit. »Der Friseur kommt um acht«, sagt die Krankenschwester. Wenn Sie weitere Informationen über diese Krankenschwester wollen, kommen Sie ins Manhattan East Hospital, aber behelligen Sie nicht mich, fragen Sie nach Miss Klotz, und Sie werden herausfinden, daß sie zweiundvierzig ist und ein Catchergesicht hat. »Ich habe ein Privatzimmer bestellt«, sage ich. »Gehen Sie ins Bett und warten Sie auf Ihren Einlauf«, sagt die Krankenschwester grob, eine Erleichterung, bis jetzt waren alle so nett zu mir gewesen, nett wie man zu den morituri ist, Reste von Schullatein, genug der Erklärungen.

Das Bett am Fenster ist von einem nackten Juden belegt, muß mindestens achtzig sein, er ist angestöpselt, wo es nur geht, Gummischläuche sind an Nasenlöcher und Mund geklebt, in Arm und Arsch gesteckt, zwei fettige Saugnäpfe auf seiner Brust festgesogen, die Augen tränen Schmiere, das nenne ich mal eine akkurate Beschreibung. Er würgt die ganze Zeit, man hat ihm den Magen ausgepumpt, Selbstmord in seinem Alter? Die Krankenschwester hantiert mit vollendeter Fertigkeit wie ein über einen Achtzylinder gebeugter Mechaniker. »Weiteratmen, Mac«, sagt sie und geht. Über dem Kopf des alten Mannes ein Monitor, der kleine rote Ball vollführt einen Stepptanz.

Ich packe meinen kleinen Koffer aus. Eine silbergerahmte Fotografie von Frau & Kind, wie es sich gebührt für einen Mann meiner

Stellung, silberner Kamm, brandneue Zahnpasta, genug davon, und neuer Pyjama, cognacfarben, eine Aufmerksamkeit von Alice, um den Krankenschwestern den Kopf zu verdrehen, Phantasien, daß mir Miss Klotz einen bläst, während ich in den O. P. gerollt werde.

Der Alte Jude würgt, seine Augenlider zucken, und Joe Spritz kommt ganz langsam herein, einen Nierenbeutel an seiner Seite angebracht, ein sehr kleiner Joe, die Hälfte von früher, geht Sie gar nichts an, was mein Magen bei seinem Anblick macht. Er bleibt stehen, hält den Beutel, als wolle er mich damit schlagen. »Was machst du denn hier?« faucht er, ebenfalls grob, keine Begrüßung wie in alten Zeiten. »Was glaubst du denn, was ich hier mache?« fauche ich zurück und spiele mal wieder den Stichwortlieferanten, wie in alten Zeiten, um ihn aufzumuntern. »Hab dir doch gesagt, die finden was«, sagt er. – »Nur untersuchungshalber.« – »Wie Kolumbus, und sieh dir an, was dabei herausgekommen ist.« Er kommt allmählich auf Touren, ich beginne mich auszuziehen, er setzt sich sehr langsam auf sein Bett, der Alte Jude würgt, einer der Schröpfköpfe springt ihm von der Brust. »Seine Frau ist vorige Woche gestorben«, erklärt Joe und sieht noch kleiner aus, als er sich setzt. »Sie waren sechzig Jahre zusammen da hat er alles geschluckt, was er finden konnte, unter anderem ein paar Ohrringe.«

»Ich habe ein Privatzimmer bestellt.«

»Man streikt«, schießt Joe zurück, Speichel umrahmt seine Unterlippe.

»Wer?«

»Alle.«

Gottseidank, er übertreibt, wie in alten Zeiten.

»Die halbe Belegschaft schiebt Streikposten«, fährt er fort. »Was macht deine Operationskunst? Ich hatte Glück, daß ich mich nicht selbst anästhesieren mußte. Übrigens, dies ist meine neue Niere.«

»Ach, hallo.«

»Vorübergehend.«

»Sieht nett aus.«

Spritzige Unterhaltung.

»Die bestaussehende Scheißniere in der Branche«, Joe kommt jetzt endlich in Schwung. »Die haben mich schon am ersten Tag pinkeln lassen, die Schweine.«

»Ein gutes Zeichen.«

Joe redet sich in seinen glotzäugigen Ingrimm, der Generationen von Zuhörern vor Lachen sich krümmen ließ. »Dreiundvierzig Jahre habe ich vier- bis fünfmal am Tag gepinkelt, ohne daß mir jemand gesagt hätte, das ist ein gutes Zeichen.« Zehn Sekunden Pause zum Atemholen, wie Samuel Beckett der Fidele sagen würde. »Ich geh jetzt nach Hause.«

»Großartig.«

»An Endstadien verschwenden die hier keinen Platz.« Der Nierenbeutel scheint praller zu werden. »Hab heute morgen zum ersten Mal geschissen«, prahlt Joe.

»Glückwunsch.«

»Hätte niemals geglaubt, daß ich für so was mal beten würde. Lieber Gott, wenn du machst, daß mein Darm sich regt, rufe ich meine Mutter zweimal die Woche an. Wann schneidet man dich auf?«

»Morgen in aller Frühe.«

»Ich hasse es, auf nüchternen Magen zu sterben«, sagt Joe. »Das war ein Scherz«, mahnt er mich.

»Das habe ich mir gedacht.«

»Und warum lachst du dann nicht, du Sauertopf? Wer ist dein Chirurg?« wechselt er das Thema, bevor ich lachen kann.

»Liebermann.«

»Der Modemetzger?«

»Hat die Finger eines Falschspielers.« Während Joe versucht, den Topf am Kochen zu halten, schrumpft er vor meinen Augen zu einem Zwerg.

»Seine Finger mögen ja okay sein, aber seine Augen, Arthur!« Jetzt ist er fast zu seiner alten Vorschrumpfform aufgelaufen.

»Hast du dir seine Augen angesehen? Was trägt er eigentlich davor, ein Mikroskop? Man sagt, er kann die Leber nicht von der Lunge unterscheiden.« Er fingert an seinem Ohrläppchen herum, die Pointe kommt also gleich. »Vielleicht operiert er nach Braille.«

Ich muß jetzt wirklich lachen, er unterbricht mich. »Im Manhattan East lachen alle, bis die Lichter ausgehen. Dann ist es Hilfmir-Hilfmir-Zeit.«

Der Alte Jude würgt, sein Mundschlauch ist verrutscht.

»Krankenschwester Klotz ist berühmt für ihre Sicherheitsnadel«, bemerkt Joe, wir beobachten beide den alten Selbstmord. »Anstelle eines Transfusionsventils. Einmal abgerutscht, und man hat Blasen im Bregen.«

Der Alte Jude quickt und sabbert.

»Wie lange macht er das schon?«

»Seit zwei Tagen im Koma. Seine Tochter war hier. Eine halbe Stunde lang, hat ihm ein Scrabble gebracht und ist dann umgekippt.« Joe lacht sein Hyänenlachen. »Neuer Pyjama?«

»Von Alice in Liebe.«

Joe hält den Nierenbeutel hoch gegen das Licht. »Manche Leute lassen sich geschminkt operieren. Im ganzen Operationssaal stehen Videokameras. Haben mich und meine Niere in Farbe aufgenommen. Vorsicht mit dem Friseur. Er rasiert alles ratzekahl. Die wollen tabula rasa. Hab mir auch die Haare schneiden lassen. Warum auch nicht. Und eine Maniküre. Die Nägel wachsen weiter nach dem Tod. Versprich mir eines.« Sein Urin sieht aus wie Rosenwasser.

»Laß dich volldröhnen. Bist du gegen irgendwas allergisch?«

»Weiß ich nicht.«

»Aber du sprichst gut an, oder?«

»Es ist mein erstes Mal, Joe.«

Angeregte Unterhaltung, um den vertrauten Leser an die Seite zu fesseln.

»Schneid jetzt, stirb später, ist ihre Devise.« Joe käut wieder, anders kann man es nicht nennen. »Bevor die Komplikationen einsetzen, schicken sie einen nach Hause. Es sei denn, man ist nicht mehr ambulant ...« Joe versucht aufzustehen, schafft es nicht, bleibt in der Schwebe. »Drei in einem Zimmer geben zu denken. Ich glaube nicht, daß es ein Streik ist.« Er läßt sich niederplumpsen. Unsere Augen treffen sich leer. Eines Abends, am East River, quälte er einen beschnittenen Hund, ist das nicht mal eine passende klassische Anspielung? »Es ist eine Epidemie. Wette, daß jedes Krankenhaus in der Stadt nur noch Stehplätze hat. Gestern nacht hatte ich eine Vision, daß die ganzen USA Endstadium sind.«

»Das ist Willy Callaghans Vision«, erinnere ich ihn.

»War«, dröhnt er in die Stille. Ich spüre es, der denkt an uns drei in einem Bordell in Tijuana. Willy fickte alles, was sich bewegte, ohne seinen Stetson abzunehmen, das letzte Mal unten in der Bar. Ein schmutziges Kind saß rittlings auf ihm, er schleuderte sie zu der Melodie eines blechernen Pianos herum, bis sie beide ins Sägemehl niedersanken.

Der kleine rote Ball über dem Juden ist langsamer geworden. »Klingle nach der Schwester«, sagt Joe. Ich klingle nach der Schwester. »Im Manhattan East bist du gut aufgehoben«, Joe streckt sich aus. »Meine Tante Ruthie kommt regelmäßig zu ihrem Selbstmordversuch her, macht es sich bequem, schluckt dreißig Kapseln und klingelt nach der Schwester. Hast du Diane kürzlich gesehen?«

»Ja.«

»Eines Abends habe ich versucht, Diane zu vernaschen«, beichtet Joe. »Auf folgende Art: Bei einer Privatvorführung von Mel Brooks' erstem Film, hab den Titel vergessen, oder anders gesagt, der ganze

Mist konnte mir kein müdes Lächeln entlocken, ging Diane hinaus zur Garderobe. Als sie zurückkam, war mein Mittelfinger auf ihren Sitz gepflanzt und wartete darauf, sie zu pfählen. Sie rückte zur Seite und sagte: Meine Möse gehört Daddy, womit sie dich meinte.«

Der alte Mann ist sehr still. »Armer Bursche«, sagt Joe. »Wir Armen. Vergibst du mir, daß ich versucht habe, Diane aufzureißen ?«

»Ich vergebe dir.«

Zwei Männer, dem Aussehen nach Araber, kommen herein mit einer Leichenbahre, heben mich auf.

»Der Falsche«, hält Joe sie ab.

»Dort drüben«, sage ich zu ihnen.

Sie lassen mich fallen, trotten zum Alten Juden hinüber, beugen sich über ihn. »Ich rühr diesen Leichnam nicht mit der Kneifzange an, bevor er nicht gewaschen ist«, sagt einer von ihnen, und sie gehen hinaus.

» Rieche ich was ?« fragt Joe.

»Ja.«

»So schnell?« Joe benimmt sich merkwürdig, wird kleiner, die Augen werden größer im Verhältnis. »Es ist ein warmer Abend, und die Klimaanlage ist außer Betrieb. Arthur?«

»Ja.«

»Komm rüber.«

Ist die Beleuchtung so schlecht, oder ist seine Pisse grau geworden? »Wußtest du, daß fünfundsiebzig Prozent des Brustkrebses von rauchenden Männern verursacht werden ?« Seine Zunge zeigt sich, er versucht, sie zurückzuziehen, schafft es nicht.

»Ich hole die Schwester, Joe.«

Er umkrallt meine Hand, seine Augen kleben an meinem Mund. »Wieso lachst du nicht?« lispelt er hinter seiner dicken Zunge.

»Ich lache, Joe.« Ich lache.

»Meine Schwiegermutter lacht auch nicht.« Die Kralle wird zum Schraubstock, die Zunge zuckt, seine Finger graben sich in meine Hand und bitten mich, ihn zu beliefern.

»Wieso lacht sie nicht, Joe?« gehorche ich ihm.

»Weil sie tot ist«, Joe versucht zu atmen. »Was mich daran erinnert, daß ich heute morgen in Forest Lawn war, um ihre Leiche zu sehen. Jungs, ihr habt wunderbare Arbeit geleistet, aber ich wünschte, sie würde nicht dieses braune Kleid tragen. – Das können wir ändern, Sir. – Aber die Trauerfeier beginnt in fünf Minuten. – Überlassen Sie das nur uns, Sir. Sie rollen sie hinaus und im Handumdrehen wieder herein, sie trägt ein blaues Kleid. Toll, sage ich, wie habt ihr das Kleid so schnell gewechselt? – Wir haben nicht das Kleid gewechselt, nur den Kopf.«

Ich lache pflichtschuldig.

»Im Vanguard haben sie siebenundeinehalbe Minute gelacht, als ich diese Geschichte erzählte, der zweitlängste Lacher in der Geschichte des Showge ...«

Ich ziehe meine Hand weg, reiße die Tür auf, brülle Schwester! Schwester! Nichts zu sehen außer einem aufgetakelten älteren Herrn im gestreiften Morgenrock, der den Korridor entlangschlurft. Joe krümmt den Rücken, seine Finger fahren in die Luft, er starrt mit vergehendem Blick auf meinen Mund. »Laß mich gehen«, sagt er mit schrecklicher Stimme, pfeift rechts und links an seiner Zunge vorbei. Ich setze mich neben ihn.

» Halt durch, Joe.«

»Laß mich«, sagt er. Seine Zähne klappern, er zieht sich hoch. »Bitte«, bettelt er. Er zieht mich zu sich hinunter. Es gibt nur eines, wie man Menschen helfen kann. Er pflanzt seinen schrecklichen Mund auf meinen, saugt mich hinunter, die Arme um meinen Hals geschlungen. Er schmeckt nach Pisse und Spargel. Ich warte, bis wir beide außer Atem sind, Joe für immer, und seine Arme von meinem Hals gleiten. Das dauert eine Weile. Ich drücke seine Glotzaugen zu. Ich lege mich auf mein Bett, von zwei seligen Leichen flankiert.

Der Friseur kommt Punkt acht und geht direkt zu Joe hinüber, wetzt seine Klinge.

»Der Falsche«, sage ich und mache mein Schamhaar frei.

»Ich mache meine Arbeit, Sir«, sagt der Friseur tuntig, »tun Sie die Ihre, okay?«

Er beginnt, Joe zu rasieren, bis er innehält, als er eine Kälte unter dem Seifenschaum spürt.

XIII

Die letzte Reise, lieber Sohn, genug gelogen. Was ist Lüge? sagte Sokrates und schlürfte den Schierling. »Weißer Raum«, sagte ich am Anfang des siebenten Kapitels, erinnern Sie sich? Der Raum war grün. Und wenn du die Wahrheit wissen willst, Sohn, bedenke, welche Phantasterei, welche Laune, welcher Schrecken mich grün zu weiß machen ließ, die Wahrheit liegt in diesem geheimnisvollen Wechsel, nicht im Weißsein oder im Grünsein, genug der Epistemologien, ein

Semester davon im Bett meiner Barnard-Liebsten, ihr Name ist mir entfallen, ich liebe dich, Sohn, das ist wahr, so wahr wie ein Schluckauf, peinlich, nicht? na und, sagst du wie Diane, was beweist das? nichts, außer, daß die meisten außergewöhnlichen Dinge, wie zum Beispiel ein Schluckauf, schlechte Umgangsformen sind, aber meine Liebe für dich, die sich ausbreitet wie meine Metastasen, gibt mir ein wunderbares Gefühl, beachte die Schlagzeile in *Variety* »ART PRINCE LIEBT SOHN«, du wirst mich noch verleugnen, aber heute abend, ich aufgestützt in meinem Bett im Chelsea und du dort draußen irgendwo, zusammengekauert in deinem Baumhaus, hängen wir beide an derselben Nabelschnur, leb wohl, du wirst mich schon bald vergessen haben, aber wenn du mit den Schultern zuckst, zuckst du mit den Schultern wie ich, dieses Schulterzucken wirst du nie verlieren, mein einziger Anspruch an die Unsterblichkeit, PRINCE VERMACHT SCHULTERZUCKEN AN SOHN. Genug geschmalzt. Inzwischen wieder im weiß-grünen Raum, endlich privat, verlassen von Joe und dem Anonymen Alten Juden, die sicher in ihren Plastikbeuteln verschweißt in einem eiskalten Keller gelagert sind, frage ich Liebermann: »Wenn Sie mich aufschneiden, in Ihrer grünen und sterilen Kluft, und dort stehen und nach dem Skalpell fragen, was geschieht dann?« Er sieht müde aus, reibt sich die Augen, wie viele Bäuche hat er schon aufgeschnitten heute? er lächelt: »Nun ja, Arthur, ich werde dastehen, wie Sie sagen, in Sie hineingucken und sagen: was geschieht nun?« Wir lachen ein bißchen. O Gott, Humor war doch früher okay, jetzt ist es nur eine Flucht vor dem Schreien. Später am Abend spritzt mir Schwester Klotz Vergessenheit in den Arsch, ich stürze in einen Traum, ich nehme einen Oscar für den besten Tumor des Jahres in Empfang, spurte den Gang entlang, hinauf auf die Bühne, wo John Wayne, geschrumpft auch er, mir die kleine geschlechtslose Figur überreicht, ein Händeschütteln, die Band spielt Bye bye baby, bye and bye, stehende Ovationen, rosa Spotlights auf mir, ich blicke hinaus über fünftausend strahlende Gebisse, Mensch, ich weiß nicht, was ich sagen soll, sage ich und scharre mit den Füßen wie der junge James Stewart, das ist es wohl, nehme ich an, ich küsse den kleinen alten geschlechtslosen Burschen, hat lange gedauert, sage ich, war aber wert jede Minute des langen Fischzugs, Leute, war nicht immer leicht, das dumme Ding wollte doch tatsächlich ein paarmal zurückgehen, aber nur nicht aufstecken, beweist doch wieder einmal, daß mit harter Arbeit und einer kleinen Hilfe von der Mafia alles möglich ist in Gottes Eigenem Land, Hoch- und Bravorufe von den Gebissen, ich möchte allen guten Menschen dort draußen danken, die dies möglich gemacht haben, besonders Grandpa Jake, der es im Hintern hatte, und Dad, dessen Hirn zerbröselte, und dir, Mutter, ohne deren angeknackstes Herz ich es nie nach oben geschafft hätte, Gott segne euch alle und Lichter aus.

Als ich aufwache eine Art Dämmerung, kein Vogelzwitschern, Dunkelheit ohne scharfe Kanten, eingetaucht in eine weiche Morphiumnacht und mehrere Schemen zwischen einem Augenblinzeln. »Wie geht es ihm?« höre ich Alice fragen. »Er wird leben«, höre ich Schwester Klotz sagen. Und Alice wieder, dumm wie immer, aber doch nicht so dumm: »Wann?« Dann die Klotz, sich entfernend: »Beten Sie, daß er Winde läßt heute nacht.« Zwei Schemen sind übriggeblieben, sie sitzen jenseits meiner Wimpern, besser im Blickwinkel, Alice betet, wie kommt es, daß sie sich an ein Kaddisch erinnert? Der andere Schemen kommt näher. Vor lauter Liebe zu meinem Sohn lasse ich einen Furz fahren, der ihn aus den Latschen hebt und das Fenster erbeben läßt. Ich öffne die Augen, sie stehen beide da und lächeln unter Tränen, wie die Dichter sagen, die Nasenflügel zusammengekniffen wegen des Gestanks. Ich schreibe dies, aufgestützt im Bett im Chelsea Hotel, exiliert von der 95. Straße, damit ich diese Lügen beenden kann, nichts geht über eine kleine Information, um den geneigten Leser an die Seite zu fesseln. Es ist nach Mitternacht, jemand tippt nebenan, am Wochenende werde ich zu Hause sein. Meine Narbe, die sich von der Busenmitte bis zum Hüftknochen windet, hat sich von lila zu rosa gefärbt. Der ungarische Hotelportier hat mir ein Butterbrot mit heißer Pastrami, eine koschere Gurke und eiskalten Kaffee gebracht. Wenn ich gähne, juckt der Rand meiner Narbe. Ich fühle mich gut, nein, ich fühle mich nicht gut, in meinem Herzen sitzt eine Maus. Ich vermisse dich, Sohn, ich wünschte, du wärest hier. Die Maus rührt sich. Ich glaube, ich gehe jetzt ins Badezimmer, um den täglichen Triumph der Därme zu zelebrieren. Ich hätte nicht diese ganze heiße Pastrami ess …

George Tabori im Verlag Klaus Wagenbach

Meine Kämpfe
Niemand schreibt so über Auschwitz wie Tabori: In seiner schwarzen Prosafarce erfindet er eine unglaubliche Symbiose zwischen einem jüdischen Hausierer und Adolf Hitler in einem Wiener Männerwohnheim – ein wahnwitziger Text, in dem die wuchernde Sprache die Schranken des Ordentlichen einfach niedertritt.
»Wie wunderbar, daß der unwiderstehliche Theatermann Tabori so gut schreiben kann.« Peter Zadek
Deutsch von Ursula Tabori-Grützmacher
WAT 449. 160 Seiten

Auch zum Hören:
Mein Kampf
Hörspiel mit George Tabori in der Rolle des Schlomo Herzl
LeseOhr. Laufzeit: ca. 67 Minuten

Mutters Courage
Mit *Mutters Courage* und *Weissmann und Rotgesicht* sind zwei der berühmtesten Prosafarcen Taboris wieder lieferbar: Die Geschichte seiner Mutter und der Disput eines amerikanischen Juden mit einem Indianer über die Frage, wer gründlicher verfolgt werde.
Aus dem amerikanischen Englisch von Ursula Grützmacher-Tabori
WAT 462. 96 Seiten

Autodafé *Erinnerungen*
Die lange erwarteten Lebenserinnerungen Taboris sind Meisterstücke seiner Erzählkunst.
»Das Kind, der Mann, der Greis George Tabori – sie haben sich nie entschieden: lachen oder weinen? Beide gehören zusammen. Das macht Tabori zu einem großen Schriftsteller.« Rolf Michaelis, DIE ZEIT
Aus dem amerikanischen Englisch von Ursula Grützmacher-Tabori
Quart*buch*. Halbleinen. 96 Seiten

Auch zum Hören:
Autodafé
Der Autor erzählt aus seinem Leben
LeseOhr. Laufzeit: ca. 65 Minuten

Wagenbachs *andere* Taschenbücher

Mit Gott rechten

Das Leben der Glikl bas Judah Leib, genannt Glückel von Hameln

»Meisterstücke moderner Geschichtsschreibung« nannte Rebekka Habermas in der Süddeutschen Zeitung natalie Zemon Davis Biographien von ungewöhnlich selbständigen und erfolgreichen Frauen.

Hier erscheint zum erstenmal in einer wohlfeilen Taschenbuchausgabe die Lebensgeschichte der Glikl bas Judah Leib, genannt Glückel von Hameln, die nach dem Tod ihres Mannes nicht nur allein den großen Haushalt mit vierzehn Kindern unterhielt, sondern auch sehr erfolgreich in ganz Europa die Geschäfte eines Großhändlers – als eine von wenigen Frauen in einer Männerdomäne.

Aus dem amerikanischen Englisch von Wolfgang Kaiser

WAT 485. 176 Seiten mit Abbildungen.

Edith Bruck Wer dich so liebt

Lebensbericht einer Jüdin

Der bewegende autobiographische Bericht einer jungen Ungarin über ihre Deportation nach Auschwitz, ihren Weg durch mehrere Lager bis zur Befreiung in Bergen-Belsen wurde in viele Sprachen übersetzt.

»In Italien ist das Buch Schullektüre. Das wünschte man ihm und den Schülern hier auch.« Ulrike Gondorf, Westdeutscher Rundfunk

Aus dem Italienischen von Cajetan Freund

WAT 352. 112 Seiten

Natalia Ginzburg Familienlexikon

Das mit dem Premio Strega ausgezeichnete Hauptwerk Natalia Ginzburgs ist nicht nur das komische Portrait einer denkwürdigen Familie, sondern zugleich ein großartiges Portrait Italiens.

»Ein Meisterwerk der italienischen Nachkriegsliteratur.«

Neue Zürcher Zeitung

Aus dem Italienischen und mit einem Nachwort von Alice Vollenweider

Quart*buch*. Gebunden. 190 Seiten mit Bildern

William Shakespeare, übersetzt von Erich Fried

König Lear Der Sturm

Die beiden letzten Stücke Shakespeares: Der rasende König mit seinen drei Töchtern und Prospero, der zaubernde Intellektuelle – zweimal Shakespeare in Erich Frieds kongenialer Übersetzung.

»Erich Fried ist ein Übersetzer, der das Publikum nicht vergißt. Als radikaler Demokrat will er einen Shakespeare für alle, und nicht nur für die gebildete Elite. Und dennoch ist er ein Mann der Loyalität und des Respekts, für Shakespeare, den Text und die vielen Vorgänger in der Übertragungsarbeit.« Peter Demetz, Frankfurter Allgemeine Zeitung

WAT 475. 192 Seiten

Der Kaufmann von Venedig

Der erste Teil des Buchs enthält den vollständigen Text von Shakespeares Kaufmann von Venedig. Der zweite Teil – vom Anglisten und Shakespeare-Kenner Friedmar Apel verfaßt und zusammengestellt – gibt einen umfassenden Einblick in die gesellschaftspolitischen, biographischen und literaturgeschichtlichen Hintergründe des Stücks: Welche Quellen benutzte Shakespeare, in welche eigenen Geschäfte war er während der Entstehungszeit verwickelt; außerdem Überlegungen zur Justiz, dem »Antisemitismus« des Stücks und dem sogenannten Rechtsfrieden.

»Fried zeigt, daß Shakespeare beunruhigend modern sein kann.«

WAT 445. 160 Seiten Frankfurter Allgemeine Zeitung